Über dieses Buch Cornwall ist die Landschaft der Daphne du Maurier: es ist die Landschaft ihres Lebens und die ihrer großen Romane. Sowohl in ›Meine Cousine Rahel‹ und ›Rebecca‹ als auch in ›Jamaica Inn‹ bildet diese geheimnisvolle, ja dämonische Landschaft den Hintergrund der Erzählung.
Die ›Cornwall-Saga‹ könnte man als einen unterhaltsamen Reiseführer bezeichnen, wenn – ja, wenn nicht Daphne du Maurier dieses Buch geschrieben hätte. Die Geschichte einer Region bleibt nicht fernes Geschehen, sondern wird zur faszinierenden Gegenwart: hier wird die Welt von König Marke, von Artus und von Tristan und Isolde erlebbare Wirklichkeit. In intensiven Bildern ersteht die Welt der Brontë-Geschwister. Cornwall lebt in seinen rätselhaften Steinmonumenten, seinen verlassenen Zinngruben, seinen kleinen Fischerstädtchen, seinen Landschlössern und Spelunken. Wir begegnen abergläubischen Fischern, wahnsinnigen Pfarrern und schrulligen Schloßbesitzern. Die Lesereise durch eine ungewöhnliche Region Britanniens wird zu einer Zauberfahrt durch ein Sagenreich.

Die Autorin Daphne du Maurier wurde 1907 in London geboren. Sie lebt heute auf dem Familiensitz Menabilly an der Küste Cornwalls. Schon mit achtzehn Jahren begann sie Kurzgeschichten und Gedichte zu schreiben. Auf ihre schriftstellerische Entwicklung hatten vor allem die Werke von Maupassant, Jane Austen und Robert Louis Stevenson Einfluß.
Ihr bislang erfolgreichster Roman ›Rebecca‹, der auch verfilmt wurde, fand allein in England und den USA über eine Million Leser. Zahlreiche Publikationen.

Daphne du Maurier

Cornwall-Saga

Roman einer Landschaft

Aus dem Englischen von
N. O. Scarpi

Mit 30 Fotos von
Christian Browning

Fischer Taschenbuch Verlag

Veröffentlicht im Fischer Taschenbuch Verlag GmbH,
Frankfurt am Main, April 1986

Lizenzausgabe mit freundlicher Genehmigung
der SV international/Schweizer Verlagshaus AG, Zürich
Titel der englischen Originalausgabe:
›Vanishing Cornwall – The spirit and history of Cornwall‹

Umschlaggestaltung: Rambow, Lienemeyer, van de Sand
unter Verwendung eines Gemäldes von
Gustave Courbet ›Das stürmische Meer‹.
Archiv für Kunst und Geschichte, Berlin.
Druck und Bindung: Clausen & Bosse, Leck
Printed in Germany
880-ISBN-3-596-28182-2

Zur Erinnerung an meinen Gatten um geteilter Erinnerungen und gemeinsamer Liebe für Cornwall wegen und für meinen Sohn Christian, der die Gegenwart photographierte, während ich durch die Vergangenheit schweifte.

Menabilly, 1966

Inhalt:

Prolog

Ich sah, wie er mit einem Stock in dem hohen Gras stocherte, und plötzlich stieß seine Hand vor und zog das zappelnde Etwas in die Höhe.

Die Frauen, die sich an der Hintertüre gesammelt hatten, kreischten: «Mach sie rasch tot! Jetzt! Jetzt! Bevor sie beißt!»

Der Gärtner lächelte, er hielt die Schlange fest in der linken Hand, ihr Kopf war machtlos. Die spitze Zunge zuckte dahin und dorthin und zog sich wieder zurück. Er schlug sie ein oder zweimal über den Schwanz, und sie rollte sich auf. Dann ging der Gärtner auf den großen Baum mit den weitgebreiteten Zweigen zu, der neben der Hintertüre stand, nur wenige Yard vom Küchengarten entfernt.

«Sie soll noch nicht jetzt sterben», sagte er. «Erst bei Sonnenuntergang.»

Er legte den Stock nieder, ging in den nahen Geräteschuppen und kam mit Hammer und Nagel zurück. Die Frauen beobachteten ihn gefesselt. Dann trieb er den Nagel durch die Schlange, irgendwo zwischen Kopf und Schwanz, und hämmerte sie fest an den Baum. Nun trat er zurück und sah zu, wie sie sich krümmte.

«So wird sie's den ganzen Tag treiben», meinte er. «Aber das Gift wird aus ihr herauskommen, wenn die Sonne untergeht. Und dann wird sie sterben.»

Er wandte sich um und ging in den Küchengarten. Die Frauen verzogen sich ins Haus. Die Küchenmagd schwatzte aufgeregt mit der Köchin, das Zimmermädchen sprang die Hintertreppe hinauf, um dem Kindermädchen Bericht zu erstatten. Das Drama war vorüber. Der Alltag nahm wieder seinen Lauf. Es war Morgen.

Nur ich allein war jetzt bei dem Baum, und ich schlich näher und starrte die Schlange an. Sie war nicht sehr lang, keineswegs von der Größe der Ungeheuer im Zoo. Ihre Farbe war grünlich-schwarz. Der Körper zuckte dann und wann, doch nicht die ganze Zeit. Warum mußte sie, um zu sterben, bis lange nach dem Tee warten? Verwirrt entfernte ich mich von dem Baum und ging zu der Mauer bei dem untern Kinderzimmerfenster. Dort, vor dem Fenster, stand ein Tisch und auf dem Tisch ein Käfig mit zwei Tauben darin. Die Tauben hatte man mir zum Geburtstag geschenkt. Ich war fünf Jahre alt. Ich beschaute die Tauben, wie ich die Schlange beschaut hatte, und meine Gefühle waren gemischt. Langweile war noch kein Wort meines Vokabulariums, hätte ich es aber gekannt, so wäre es der richtige Ausdruck für das gewesen, was ich empfand. Die Tauben langweilten mich. Sie saßen nebeneinander auf der Stange, gurrten oder zupften einander an den Federn und machten auf dem sandbestreuten Boden des Käfigs widerwärtigen Schmutz. Tag für Tag mußten sie frischen Sand bekommen, frisches Trinkwasser, frische Körner, und das stahl mir kostbare Zeit, die anderswo verbracht werden konnte, wie etwa mit Herumtollen im Garten. Meine ältere Schwester hielt Kanarienvögel, glückliche Tierchen, die trillerten und sangen und sich auf einer kleinen Schaukel hin und her schwangen. Sie fand ihre Pflege durchaus nicht langweilig, sondern sang mit ihnen, während sie den Käfig putzte. Die Tauben waren anders. Sie kauerten Seite an Seite, mißmutig und doch gleichzeitig von verzweifelter Gier geschwellt, und wenn man sie fütterte, schoben sie einander von dem kleinen Trog fort und stießen mit den Schnäbeln nacheinander.

Abermals ging ich, um die Schlange am Baum zu betrachten. Noch immer bewegte sie sich, der kraftlose Schwanz wollte sich befreien. Sie hatte noch nicht alle Hoffnung aufgegeben und würde es auch nicht tun, bevor die Sonne unterging. Sie wußte nicht, daß sie verurteilt war zu sterben. Sie war tapfer, weil sie wild war. Sie war nie in einen Käfig eingesperrt worden. Ich lief schnell zu den wartenden Tauben, die noch kein Futter erhalten hatten, schob das Stäbchen zurück, das den Riegel verschloß, und öffnete die Käfigtüre weit...

Tauben und Schlange waren während des langen Sommertages vergessen. Der Bauer und seine Leute schnitten auf den nahen Feldern das Gras, und meine achtjährige Schwester war in Arthur, den schönen, schwarzhaarigen Knecht, verliebt. Er setzte sie auf sein Pferd, und sie lächelte, stolz wie eine Königin, zu mir herunter. Der ältere Mann, Tom, setzte mich auf seinen Sattel. Aber das war nicht dasselbe. Ich hatte doch nur den zweiten Platz.

Wir wurden vom Haus her zum Tee gerufen, und statt ihn im Freien zu trinken, mußten wir in das stickige Kinderzimmer gehn, denn die Tante unserer Kinderfrau war von London herübergekommen, um den Tag hier zu verbringen, und alles mußte sich in fester Ordnung abspielen. Ich erinnerte mich an die Tauben und warf einen Blick durch das Fenster. Mein Herz schlug hoch. Nur eine der beiden war fort, und ihre Gefährtin kauerte allein auf der Stange. Das war schrecklich.

Wir setzten uns zum Tee, meine älteste Schwester von Träumen an Arthur erfüllt, und die jüngste, noch auf einem hohen Kinderstuhl, streckte gebieterisch die Hand nach der Marmelade für ihr Butterbrot aus. Die Erwachsenen schwatzten. Den offenen Käfig hatten sie noch nicht entdeckt. Die Unterhaltung plätscherte, aber ich hatte keinen Hunger, denn irgendwo saß die kühnere Taube in Freiheit und traf sich mit ihren wilden Kameraden auf den Bäumen des Gemeindelands von Bookham, während die schüchterne Gefährtin auf ihre Rückkehr wartete.

«Und was für Pläne habt ihr für August?» fragte die Tante.

Unsere Kinderfrau sah nach ihren drei Schützlingen und rührte im Tee.

«Diesmal kommt etwas anderes dran», sagte sie. «Sie fahren nach Cornwall.»

Die Wirkung war dramatisch, denn sie betonte das Wort Cornwall besonders kräftig. Es klang wie eine Reise nach dem Mond. Ich schaute von ihrem guten, ernsten Gesicht – denn sie lächelte nicht – zu der Besucherin hinüber, die, ein Stück Kuchen auf halbem Weg zum Mund, erstaunt innehielt.

«Nach Cornwall?» rief sie dann.

Sie wechselten Blicke, wie das Erwachsene tun. Etwas Unausgesprochenes schien in der Luft zu schweben. Ein Schweigen senkte sich herab, und dann sprachen sie von andern Dingen, als wäre das Thema, derzeit jedenfalls, tabu. Ich begann wieder an die Taube zu denken, die davongeflogen war. Nicht umsonst hatte ich den Täuberich Peter genannt und seine widerstrebende Gefährtin Wendy. Er war es gewesen, der zuerst davonging, denn hinter der Gemeindewiese von Bookham lag irgendein unerreichbares Land. Vielleicht suchte er jetzt schon seinen Weg nach Cornwall. Und irgendwie mußte die Gefährtin ihm folgen. Schwer lastete die Schuld auf mir. Niemand durfte es wissen. Abermals war es still geworden, und als ich mich umblickte, bemerkte ich, daß das Kinderzimmer im Schatten lag und kein Sonnenstrahl mehr in die Halle darunter fiel. Jetzt war es Zeit für die Schlange zu sterben.

Unruhig rückte ich auf meinem Stuhl, und unsere Kinderfrau, vielleicht unter einer Eingebung, suchte meinen Blick. Abermals rührte sie in ihrem Tee, doch ihre Augen wichen nie von meinem Gesicht.

«Ja», sagte sie langsam. «Ja, sie fahren nach Cornwall...»

Ich fragte, ob ich hinuntergehn dürfe, und sie nickte schweigend. Ich schlüpfte aus dem Zimmer und lief zum Taubenkäfig. Ein Wunder hatte sich ereignet. Der Käfig war leer. Ich spähte nach den Bäumen rundum, doch dort war nichts. Beide waren davongeflogen. Morgen würde es Ermahnungen, Vorwürfe,

Schelte geben, weil ich so unachtsam gewesen war. Was lag daran? Die Tauben waren frei, und das war ich auch, denn ich brauchte sie nicht mehr zu füttern noch ihren Käfig zu putzen.

Ein flackernder Sonnenstrahl streifte die höheren Zweige des großen Baumes an der Hintertüre. Ich beobachtete, wie er verblich. Dann ging ich zu dem Baum hinüber und sah, daß das lange, dunkle Etwas sich nicht mehr regte. Die Schlange war tot.

*

Der Eisenbahnwagen war voll. Unsere Mutter fuhr mit uns und eine neue Kinderfrau und ein Kindermädchen auch und eine Gouvernante für die Ferien. Ja, alles war anders geworden, und es gab eine Menge Menschen, die sich um drei kleine Kinder kümmern sollten.

Der Zug fuhr in einen wimmelnden Bahnhof ein. Da herrschte Verwirrung und Lärm. Wir alle waren müde. Dann, um uns aufzumuntern, sagte meine Mutter: «Wenn wir von Plymouth abfahren, kommen wir zu einer Brücke, und haben wir einmal die Brücke hinter uns, so sind wir in Cornwall.»

Erregt sprangen wir auf. Alles in uns war Vorfreude, und das Warten war nicht zu ertragen. Die Erwachsenen lächelten geheimnisvoll. Endlich fuhr der Zug aus dem Bahnhof, und bald darauf hörten wir ein seltsames Geratter, als die Räder des Waggons auf die Brücke rollten. Die Gouvernante steigerte unser Reisefieber noch dadurch, daß sie warnend die Hand hob:

«Schnell die Augen schließen!» befahl sie. «Und geschlossen halten, bis wir in Cornwall sind!»

Wir gehorchten, aber ich mogelte und blinzelte, während wir noch auf der Brücke waren. Da war nichts zu sehen, nur Streifen Wasser zwischen etwas, das anscheinend Eisenstangen waren, und das Rattern des Zugs machte einen höllischen Lärm. Einen Augenblick lang war es hell, im nächsten dunkel, dann hell, dann wieder dunkel. Ich war verwirrt, und die wenigen

Augenblicke dehnten sich zu Stunden. Mit einem Mal hörte das Rattern auf, und die Räder änderten ihre Melodie. Alles war hell, und die Sonne strömte durch das Wagenfenster.

«So. Jetzt sind wir in Cornwall», sagte unsere Mutter lachend.

Enttäuscht schaute ich hinaus. Was war denn da anders? Das Land war genau wie vorher. Auf einem Hügel standen Häuser, der Bahnhof war kleiner, auch hier wimmelte es von Reisenden und Trägern. Was hatte ich denn erwartet?

Alle begannen zu reden. Die neue Kinderfrau machte sich mit einem Picknickkorb zu schaffen. Wir bekamen Becher mit Milch, belegte Brote, Kuchen. Dadurch, daß wir von Devonshire nach Cornwall hinüberwechselten, sollte sich eigentlich etwas Ungeheures zugetragen haben.

Zutiefst entzaubert schaute ich zum Fenster hinaus. Es mußte ein Irrtum sein. Irgendwo harrte das verborgene Land. Dies hier war es nicht.

*

Fünf Jahre alt und Mullion Cove... zehn Jahre alt und Kennack Sands... neunzehn Jahre alt und zum ersten Mal der Anblick des Hafens von Fowey... die Kinder, die vorher zweimal die Brücke über den Tamar nach Cornwall gefahren, waren jetzt erwachsen, obgleich das jüngste immer noch ein Schulmädchen war.

Wir waren alle bereit für das Abenteuer, doch der Käfig hielt uns gefangen. Der Käfig war ja alles, was wir kannten. Unser Käfig war der sandige Boden, die Körner, das Wasser, ja, auch die Stange, auf der man hocken konnte, die Schaukel, die uns erheitern sollte. Wir waren beschützt, geliebt, verhätschelt. Kein Trio von Turteltauben konnte sich mehr wünschen.

Die Mietkutsche bog um die Kurve des Hügels, und plötzlich lag in voller Breite der Hafen von Fowey vor uns. Der Gegensatz zwischen dieser weiten Wasserfläche, den nahen Molen, den vertäuten Schiffen, den grauen Dächern von Fowey jenseits der Straße, der aneinanderklebenden Landhäuser von Polruan auf dem Hügel gegenüber dem Hafeneingang und dem schmalen, engen Looe, wo wir die Nacht verbracht hatten, war erstaunlich, gleichsam wie die Pforte zu einer andern Welt. Meine Stimmung hob sich.

Die Mietkutsche setzte unsere Mutter und uns am Fuß des Hügels bei der Fähre ab. Wir konnten entweder mit der Fähre nach Fowey hinüberfahren oder zuerst hier in Bodinnick im Fährenwirtshaus zu Mittag essen. Es war beinahe eins geworden, und so zogen wir das zweite vor. Doch bevor wir zum Mittagessen den Hügel hinaufstiegen, fielen unsere Blicke auf eine Tafel an einem Tor just oberhalb der Fähre, und darauf stand «Zu verkaufen». Hinter dem Tor streckte sich ein unbebautes Stück Land und darauf stand am Ufer ein Haus, ein seltsames Haus, gebaut wie ein Schweizer Chalet.

«Ja», sagte der Fährmann, der neben uns stand, «man nennt es auch Schweizerhaus. Hier unten baute man Boote, und den ersten Stock benützte man als Speicher. Und im obersten Stockwerk war die Wohnung. Ja, ja, jetzt ist es zu verkaufen.» Wir gingen zum Mittagessen in das Wirtshaus und unsere Mutter sprach mit dem Besitzer; zunächst erkundigte sie sich nach Wohnungen gegenüber in Fowey. Wir reisten durch Cornwall, erklärte sie, um ein Ferienhaus zu finden; wir kämen von Hampstead, London.

Ich war zu ungeduldig, um abzuwarten, wie die Unterhaltung sich hinzog. Ich winkte den andern mit dem Kopf, damit sie mir folgten und es meiner Mutter überließen, das Gespräch fortzusetzen. Wir stiegen den Hügel hinunter. Meine Schwester versuchte das Tor bei der Fähre zu öffnen und ging in den Hof. Ich fand noch ein anderes Tor und einen Weg, der zu der andern Seite des Hauses führte. Hier war ein Garten oder was man als

Garten bezeichnen mochte, eine Terrasse über den andern, und der chaletartige Teil des Hauses schob sich vorwärts, war, so schien es, an den Felsen angebaut, und seine Fenster schauten gerade über den Hafen. Ich ging und stand unterhalb des Chalets, das Wasser just unter mir, und schaute nach dem Hafeneingang. Überall waren kleine Schiffe und Jachten vor Anker, doch aufregender war ein großes Schiff, das näher glitt, von zwei Schleppern gezogen, um wenige Kabellängen vom Haus entfernt vor Anker zu gehn.

In der Luft schwebte ein Geruch von Teer und Tauen und verrosteten Ketten, ein Geruch von Flut. Unten, vor dem Hafen, um die Spitze, war das offene Meer. Hier war die Freiheit, die ich lang ersehnt, lang gesucht und noch nicht gekannt hatte. Die Freiheit, zu schreiben, spazierenzugehn, zu wandern, die Freiheit, Hügel zu erklimmen, ein Boot zu rudern, allein zu sein. Es konnte kein bloßer Zufall sein, was uns zu der Fähre, an den Fuß des Hügels von Bodinnick gebracht hatte und damit zu dem Anschlag an dem Tor, worauf stand «Zu verkaufen». Ich erinnerte mich an eine Stelle aus einem vergessenen Buch, wo ein Liebhaber zum ersten Mal das Erwählte erblickt und sagt: «Ich für dies und dies für mich!» Der Käfig war nicht verriegelt, und von den drei Tauben sollte ich die erste sein, die davonflog. Der Weg war offen.

*

Schnell und dicht häufen sich die Erinnerungen. Was gab es zu lernen! Rudern, segeln, den Kaninchen Fallen zu stellen, einen Fisch auszunehmen. Über die verrotteten Rümpfe verlassener Schiffe zu klettern. In verlassenen Buchten nackt zu baden. In fremde Besitzungen einzudringen, ja, sogar durch zerbrochene Fenster hineinzuklettern, meinen Schäferbastard immer an den Fersen. «Wäre es nicht an der Zeit, daß du nach London zurückkommst? Wir können uns nicht vorstellen, was du in Cornwall mit dir anfängst. Mummy und Daddy fehlst du schrecklich.» Ein freundlicher Wink meiner Tante und Patin, übereifrig in ihrer Zärtlichkeit für eine vereinte Familie. Sie war es, die mir die Tauben geschenkt hatte, als ich fünf Jahre alt gewesen war. Der Holzgeruch eines Lagerfeuers, der weiche Pfad durch Moor und Sumpf. Die hohen Schornsteine von Jamaica Inn. Die herrliche Einsamkeit eines grauen Herrenhauses zwischen hohen Bäumen und verwilderten Rhododendren, dessen Besitzer nie daheim anzutreffen ist. Vielleicht, wenn ich bei der Rennlotterie gewinne, würde ich hier wohnen. Menabilly... Menabilly... Manderley...

«Auf der Straße nach Mandalay,
wo die fliegenden Fische spielen...»

Es war ein weiter Weg bis zur Verwirklichung. Die Luke, die über den Hafen von Fowey blickte, war immer noch mein Trost, und dann ein vorüberfahrender Motorkreuzer mit einem schönen Fremden am Steuer, der grüßend winkte und später mit soldatischer List ein Stelldichein mit mir verabredete, wenn es dunkel wurde. Aus dem selben Fenster schaute ich um acht Uhr morgens, einige Monate später, an meinem Hochzeitstag und sah, daß die Häuser gegenüber geflaggt hatten, um die Braut zu grüßen, die zu Wasser zur Kirche kam und dann in dem Motorkreuzer, der ihr Treffpunkt gewesen war, nach dem Hafeneingang fuhr, nach Helford River und Frenchman's Creek, wo sie ihre Flitterwochen feierte.

Später besaßen wir ein anderes Fahrzeug, doch dies war seine erste Liebe, Ygdrasil genannt, nach der Esche der nordischen Mythologie, dem Baum, unter dem die Götter täglich Rat hielten. Jahr um Jahr wurden neue Motoren eingesetzt und dann wieder herausgerissen, denn er glaubte fest daran, daß sein

Boot die höchsten Wellen überwinden und über sie hinweg zum fernen Horizont schweben würde. Schwerfällig, dauerhaft, wie es war, machte es nie mehr als sieben Knoten. Etwa vierunddreißig Jahre sind vergangen, und jetzt liegt das Schiff, seewärts blickend über die Felder von Menabilly, hoch und trokken, ein Spielzeug für die Enkel. In Nottingham gebaut, kreuzte es südwestlich zu den Gewässern von Cornwall und war zufrieden wie sein Besitzer. Weder der Militärdienst noch die Kriege, für die ja die Soldaten ausgebildet werden, und die sie eines Tages kämpfen müssen, dämpften seine Leidenschaft für das Meer.

Sein Beruf führte uns häufig von Cornwall fort, das wir liebten, aber zu Urlauben und Ferien kehrten wir immer dorthin zurück. Einmal, in romantischer Glut und von Gott weiß welchen Träumen von Kavalieren und Rundköpfen angestachelt, brachte er sein Grenadierbataillon nach Fowey und veranstaltete einen Kampf auf der Halbinsel Gribbin. Der Kompaniekommandant, der Gribbin angreifen sollte, verirrte sich mit seinen Leuten hoffnungslos in den Wäldern von Menabilly und mußte sich mißgestimmt zurückziehen, ohne seine Aufgabe erfüllt zu haben. Heute ist dieser Kompaniekommandant Generalmajor, und wenn ich sein Verdienst nicht genügend herausgestrichen habe, wird er das ohne Zweifel in seinen Memoiren richtigstellen.

Dann kam der wirkliche Krieg, zerriß Leben und Muße, und mitten drin und nachher für immer wurde Cornwall unsere wahre Heimat. Bomben mochten auf Plymouth fallen, die Fenster erzittern lassen, Minen am Strand von Pridmouth explodieren, Fowey und sein Hafen der amerikanischen Marine für die Vorbereitung des D-Tages überlassen werden, doch hier, in Menabilly, wuchsen und gediehen die Kinder. Jetzt, wie einst meine Tauben, haben sie ihre Flügel ausgebreitet und sind davongeflogen. Das Tor war offen. Wir halten nichts von Gittern.

Erinnerungen sind kostbare Dinge, und, ob gut oder schlecht, sind sie doch nie traurig. Ein Land, gekannt und geliebt in all seinen Stimmungen, ist mit dem Gewebe des Lebens verknüpft, ist etwas, mit dem man eins wird. Wer in Cornwall geboren und aufgewachsen ist, muß das größte Verständnis für sein Volk und dessen Lebensart haben, für seine Geschichte und seine Sagen, seine Möglichkeiten künftigen Wachstums. Als eine, die es vor langer Zeit, mit fünf Jahren, auf der Suche nach der Freiheit zu erkennen gestrebt hat und später hier Wurzeln schlug und wahre Zufriedenheit fand, bin ich ein kleines Stück auf diesem Weg gegangen. Die Schönheit und das Geheimnis locken noch immer.

I.

Ursprünge und Zugänge

Cornwall löst sich vom Körper Englands ungefähr so, wie Italien sich von der Landmasse Mitteleuropas abhebt. Die beiden Halbinseln, so ungleich in ihrer Größe, sind einander doch in der Form seltsam ähnlich; beide sind lang, schmal, enden gleichsam in der Bewegung einer Kneifzange – die Klaue Cornwalls dringt in den grauen Atlantischen Ozean ein, während Italiens hochhackiger Schuh, zarter gebildet, ins Ionische Meer schreitet. Die Ähnlichkeit geht noch weiter, denn jedes hat im Norden einen Fluß, der die ganze Breite des Landes ermißt und ostwärts fließt; der italienische Po, am Nordabhang des Monte Viso entspringend, unweit der französischen Grenze und zur Adria strömend, in Cornwall der Tamar, dessen Quelle an der Grenze von Devon liegt, und der siebenundfünfzigeinhalb Meilen lang eine natürliche Grenze zwischen Cornwall und Devon bildet, bevor er sich in den Kanal ergießt.

Die Analogie könnte bis zum Äußersten weitergeführt werden, wenn man Italiens Wirbelsäule, die Apenninen, mit Cornwalls Rückgrat vergleicht, dem hohen Hinterland, das sich von Norden nach Süden zieht, das Moor von Bodmin einbegreift, das Hochland von St. Breock und den erstaunlichen Umkreis des Porzellanerde-Bezirks, der die Niederungen von Hensbarrow beherrscht, wo die weißen Bodenerhebungen himmelwärts aufwachsen, eine Gebirgskette in Miniatur. Hat man all das gesagt, so mag man die Vergleiche einstellen, die Landkarte von Europa zusammenfalten, und Italien, die Geburtsstätte des römischen Imperiums, die Wiege der Renaissance, Jahrhunderte hindurch ein Zentrum der Kunst und der Gelehrtheit, heute in dem neuen Glanz industrieller Leistungen und Planung gipfelnd, seiner Unsterblichkeit überlassen.

Cornwall, wenig bekannt, von geringer Bedeutung, bleibt das Schwanzende Englands, immer noch fern und recht hochgemut von der Tätigkeitslust jenseits des Tamars abgesondert, die man als Fortschritt preist; und doch bewußt, trotz seiner scheinbaren Abgekehrtheit, daß in jenen fernen Zeitaltern, da die Briten jenseits des Flusses den Boden bestellten und Vieh züchteten, die ersten Siedler bei Land's End schon Zinn fanden und ihre Mineralschätze durch Einwanderer von Iberien und den Mittelmeerländern nach dem Osten verkauften, und so eine bisher unbekannte, alte, erstaunliche Kultur erspähten, die inmitten des Bodens von Cornwall den goldenen Halbmond und die blauen Perlen von Kreta verbarg.

Das sind keine phantastischen Träume; diese Dinge sind in den Hügelgräbern von Cornwall gefunden worden. Wer sie von ihren Ursprungsorten hierher gebracht hat, welche Abenteurer von dem Ägäischen und dem Mirtonischen Meer, dem Atlantischen Ozean in Booten trotzend, nicht abgeschreckt von den Klippenküsten der Bretagne und Irlands, um endlich im Hayle, dem Fluß Cornwalls, einen Hafen zu finden, kann nicht mit Gewißheit festgestellt werden. Sie sollen stämmig und dunkelhaarig gewesen sein, doch so waren die späteren keltischen Einwanderer aus Frankreich auch. Schwärmer des neunzehnten Jahrhunderts und auch unserer Zeit, auf der Suche nach einer Erklärung für eine schwarzäugige Schönheit in Camborne oder für einen schwarzäugigen Fischer, der mit leichter Anmut seine Netze von einem Boot in der Mount's Bay auswirft, bestehen darauf, und das wurde auch von den Bewohnern Cornwalls geglaubt, daß Männer und Frauen von so fremdem Aussehen von jenen unglückseligen Seeleuten abstammen müssen, die an die Küste von Cornwall geworfen wurden, als im Jahre 1588 die spanische Armada vernichtet worden war. Ist es so, dann hatten diese spanischen Seeleute eine erstaunliche Gabe, sich tausendfach zu vermehren. Logischer und aufregender ist es, auf die Zeit etwa um 1400 Jahre vor Christi Geburt zurückzugehn und früherer schwarzäugiger Seeleute mit schmalen Hüften und geflochtenem Haar zu gedenken, deren Brüder im fernen Knossos über den kretischen Stier gesprungen sein mochten.

Im Wesen der Bewohner Cornwalls schwelt unter der Oberfläche, stets bereit, sich zu entzünden, eine wilde Unabhängigkeit, ein zäher Stolz. Wieviel davon den Jahrhunderten der Absonderung zuzuschreiben ist, nach der römischen Eroberung Englands, als der Handel des Mittelmeers nicht länger den Weg zu den südwestlichen Mündungen fand, sondern unmittelbar vom römischen Frankreich zu den östlichen Kanalhäfen ging, und wieviel der Erbschaft jener schwarzhaarigen Eindringlinge mit ihren blauen Perlen und den Goldreifen, den Erben einer Kultur, die schon lange bestanden hatte, bevor der Name Rom auch nur genannt wurde, das ist etwas, worüber die Bewohner Cornwalls streiten mögen. Als Außenseiterin, mit bretonischen Ahnen, stelle ich mir gern vor, daß die beiden Stämme an der atlantischen Küste, von den gleichen Stürmen umtobt, von den gleichen treibenden Nebeln bestrichen, gemeinsame Ahnen mit den Iren haben, die weiter westlich hausen.

Aberglaube strömt durch das Blut aller drei Völker. Klippen und Felsen, Hügel und Täler tragen die Spuren von Menschen, die vor langer Zeit ihre Toten in großen Grabhügeln begruben und eine Erdgöttin anbeteten. Nirgends sonst in England stehen diese Sinnbilder östlicher Riten, hier aber, in Cornwall, erheben sich noch immer die Grabhügel. Große Granittafeln, verwittert, abgewetzt, mit einer andern mächtigen darüberlagernden Granitplatte, um ein Dach zu bilden; das waren die Grabstätten von Priestern, vielleicht von Königinnen. Auf Anhöhen, zwischen Gestrüpp und Ginster gesetzt, der Schätze, die sie einst enthielten, längst von Barbaren beraubt, die Knochen verstreut, stehen sie als Denkmäler einer vergessenen Lebensform und eines vormals blühenden Kultes da. Manchmal ist heute die Anordnung ungleichmäßig – ein kleines Feld etwa und in der Nähe eine Reihe ebenerdiger Häuser. Doch die Zeit hat ihre majestätische Schönheit nicht vernichtet, noch haben Pflug und Traktor die Grundlagen aufgewühlt. Die Steine, wie der natürliche Granit, der von der Natur aufgeworfen wird, trotzen den Jahrhunderten. Neben ihnen zu stehn, ob nun auf den Höhen von West Penwith, mitten im Farnkraut des Helman Tor oder in dem kleinen Feld oberhalb von St. Cleer, ist, als würde man zu einem Astronauten in der Zeit. Die Gegenwart verschwindet, Jahrhunderte lösen sich auf, der spöttische Verlauf der Historie mit all ihren Triumphen und Niederlagen ist ausgeschaltet. Hier auf dem bemoosten Stein ist die Essenz des Gewesenen selbst. Ob es nun ein Priester oder ein Häuptling, eine Königin oder eine Priesterin war, die einst hier lagen, mit den feierlichen Riten auf den Weg in die Unterwelt vorbereitet, ihrer war der Glaube an die Unsterblichkeit, von allem Urbeginn an die Antwort des Menschen auf die Herausforderung des Todes.

Dies also waren die ersten Grabstätten von Cornwall; doch über die ganze Länge und Breite der Halbinsel verstreut, gibt es andere Steine, andere Grabzellen, Hügel und Gräben, Erhebungen und Kreise, so daß man sagen könnte, der Tod, wie das Meer, sei immer anwesend. Immer gibt es eine Mahnung, auf irgendeinem Hügel oder Hang, halbverborgen vielleicht von Farnkraut und Dornen, daß die Stille wartet.

Spätere Generationen, im Schuldgefühl puritanischer oder methodistischer Erziehung aufgewachsen, glaubten, alle stehenden oder liegenden Steine seien Menschen, unter der erbarmungslosen Hand Gottes erstarrt, weil sie sonntags getanzt hatten. Das wenigstens erzählten sie ihren Kindern, obgleich sie es vielleicht besser wußten. Denn mochten sie auch in jenen frühen Tagen Tod und Bestattung nicht mit den Hügeln und Steinen auf Feld und in Gestrüpp in Verbindung bringen, so spürten sie dennoch, daß dem Ort ein Zauber innewohnte, und was auch hier unter dem düstern Himmel verborgen lag, versöhnt werden mußte. Untrüglich gebot ihnen der Instinkt, eine Hand auf Hügel oder Stein zu legen und auszuspucken. Hatte der Stein ein Loch in der Mitte wie der Mên-an-Tol bei Lanyon, so gab es nichts Klügeres, als neunmal gegen die Sonne hindurchzukriechen. Gegen die Sonne zu kriechen verscheuchte die Krankheit. Die Absonderung, die Cornwall von dem übrigen England fernhielt, bewahrte so überliefertes Wissen, ein intuitives Erfassen längst vergangener Dinge.

Die Unterwelt, welche Unsterblichkeit verhieß, bewahrte ihre Schätze, so daß die Einwohner von Anfang an immer nach Reichtümern gegraben haben; sie waren, sind Zinngräber, Kupfersucher, Steinklopfer, Schieferbrecher, Lehmarbeiter, Bauern; ein erdgebundenes Volk mit erdgebundenem Wissen, und dieses Wort wird nicht geringschätzig verwendet, sondern als Gruß.

Wer Cornwall und seine Einwohner verstehn will, muß sich ihre Vorstellungsgabe aneignen und in die Zeiten zurück wandern.

Der rechte Zugang zu Cornwall ist vom Meer her, wenn man vom südlichen Irland in die Haylemündung segelt, wie es die ersten Händler in jenen Jahrhunderten vor Christi Geburt getan haben – um ganz gewiß mit der gleichen Überraschung, mit der gleichen Erleichterung, nach einer stürmischen Überfahrt, mit dem vorherrschenden Südwestwind, der leicht umspringt, zu entdecken, daß die ungastliche, klippenreiche Klaue von Cornwall, die sich auf der Jagd nach Opfern in den Ozean vorstreckt, im unmittelbaren Nordwesten ihres felsigen Buckels einen willkommenen Hafen bietet. Damals wie heute war der Gegensatz zwischen der abschreckenden Größe der Küstenlinie um Land's End mit seinem Hinterland von granitenen Höhen und der plötzlichen Offenbarung der Bucht von St.

Ives ungeheuer: ein einkreisender Arm, der die seichten Gewässer, den gelben Strand und die Mündung des Hayle beschützt; doch damals, anders als heute, war der Fluß breit und tief, die Flut reichte vier Meilen oder mehr ins Inland und führte beinahe bis zur Mount's Bay an der Südküste. Hayle war ein natürlicher Zufluchtsort, das deutliche Zentrum für eine Handel treibende Bewohnerschaft, die ihr Zinn an Schiffe verkaufen konnte, welche entweder vom Ozean oder über die Seestraße des Kanals kamen.

Die Mündung ist leider jetzt verschlammt, wie es sich durch die Jahrhunderte entwickelt hatte. Ein enger, von verstreuten Pfählen gekennzeichneter Durchlaß, um die wagemutigen Seeleute vor den immer weiter vordringenden Sandbänken zu warnen, führt zu dem einst blühenden Hafen. Selbst der Jachtfahrer wagt die Einfahrt nicht, die vor langen Jahren den Seeleuten der Bronzezeit Schutz und günstigen Ankerplatz bot.

Für den heutigen Betrachter, der zwischen den Sanddünen und den Grasbüscheln seewärts blickt, wo jetzt das Wasser seicht ist, kann die Vorstellungskraft einen wilden Lauf einschlagen und ihn Reihe um Reihe flachbödiger Schiffe mit hohem Bug sehen lassen, in leuchtenden Farben bemalt, wie sie mit geschwellten Segeln bei der Flut in den Fluß einfahren. Welch ein Geschrei und Getümmel, welch ein Tumult von Mittelmeerschwatz, mit irischen Lauten vermischt, wenn die Händler ihre Schiffe auf den Strand laufen ließen oder mitten im Fluß vor Anker gingen; welch hastiges Einladen und Ausladen der Waren zwischen Schiff und Siedlung, welch ein Festen, wenn die Arbeit getan war, an einem Feuer von Torf und Gestrüpp; welch ein Austausch von Flüchen, mit Tanz und Sieg!

Das Bild verblaßt, und der Träumer, noch steif von der Mühe des Kriechens durch die Dünen, sieht, wie der Sand,

Jahrhunderte hindurch, die Küstenbreite nördlich von Hayle erobert hat. Stürme, in jener fernen Vergangenheit, haben die wirbelnde Masse zu dichten Wolken aufgepeitscht, die sich über das Land darunter senkten. Ganze Gehöfte wurden überwältigt und liegen jetzt begraben, während das wüste Land, bekannt als die «towans», eine Mischung von Sand und Seebinse, einem Rohr mit harten Stielen, das in der alten Zeit von den Bewohnern angepflanzt wurde, um den Treibsand festzuhalten, sich durch die Kirchspiele von Phillack und Gwithian streckt, bis der Boden sich zu dem höheren Gelände von Godrevy hebt. Böen und Stürme waren nördlich und südlich der Küste von Cornwall immer häufig gewesen und haben Unglück und Verwüstung mit sich gebracht und eine Menge von Wracks, doch ein Sandorkan, der die Heimstätten vernichtete, war das grimme Schicksal jener Bauern von Gwithian bei Hayle. Ein Windsturm wird seine Kraft erschöpfen, das Meer glättet sich, der Regen hört auf. Der Sand aber ist ein heimtückischerer Feind. Während eines stürmischen Winters im neunzehnten Jahrhundert verwehte plötzlich der Sand und die längst begrabene Siedlung von Upton bot sich den Blicken dar, Dächer und Mauern wohlerhalten wie in einer Pompejanischen Villa. Die Leute kamen von nah und fern, um das Wunder zu bestaunen. Dann aber erhoben sich Wind und Sand gemeinsam, und Upton Barton wurde wieder begraben.

Hinter Upton, nahe der Stelle wo der Fluß Connor seine rostfarbenen Gewässer in das Meer leert – der Fluß ist als roter Fluß bekannt, weil Überreste von Zinn seine Oberfläche färben und er die Ränder der alten Minen nahe seiner Quelle bespült – dort sind andere Ruinen unter dem Sand, hin und wieder aufgestört vom grasenden Vieh. Hier liegt die Kapelle St. Gothians der dem Kirchspiel Gwithian seinen Namen gab und als Märtyrer gilt. Heute ist nichts mehr davon übrig als wenige verstreute Steine, über die roter Sand sickert. Was für ein Mann das war, der hier betete und die Erlösung predigte, das vermag niemand zu sagen.

Mancher Pilgrim kam, den Stab in der Hand, von frühchristlichem Eifer befeuert, aus Wales oder Irland nach Hayle, um in späteren Jahren ein Heiliger von Cornwall genannt zu werden. Ihre Namen sind Legion. Es gibt mehr Kirchspiele, die weit und breit in Cornwall nach heiligen Gründern genannt sind, als sonst irgendwo in England. Eines ist gewiß: die Heiligen hatten nur geringe Ähnlichkeit mit den Pfarrern der späteren Zeiten. Einige unter ihnen waren Einsiedler oder heilige Männer mit Kenntnissen von Pflanzen und Heilmitteln für Kranke, eine Erbschaft älterer Überlieferung, die sich sehr wohl magisch mit dem Zeichen des Kreuzes verbinden ließ. Sie lebten auf Felsen und Vorgebirgen, am Ufer von Bächen oder in der Nähe des Seegestades, und die Gebete, die sie sprachen, weckten in den Bekehrten die Erinnerung an Zaubersprüche der Gewesenheit.

Andere hielten sich näher bei ihrer Herde auf, und wie die Methodistenprediger unserer eigenen Zeit oder die Arbeiter-Priester Frankreichs auf den Fabrikbänken errangen sie die Achtung ihrer Mitmenschen durch die Fertigkeit ihrer Hände und ihrer Zungen und wurden, ohne wohlüberlegte Absicht, innerhalb einer Gruppe zu Führern. Was den heiligen Gothian betrifft, dessen Knochen vielleicht unter der zerstörten Kapelle liegen oder auch nicht, kann man sich ihn vorstellen, wie er irgendwo in der Nähe der Quelle des Connor Zinn gräbt und und dann, die Knöchel rostrot sandbedeckt, in die Bucht hinuntersteigt, um Dank zu sagen, in den Händen als Wahrzeichen des Glaubens eine Axt oder eine Spitzhacke.

Andere Heilige, wie der Waliser Samson, mieden die voraussichtliche Ungastlichkeit von Hayle und erreichten Cornwall über die Mündung des Camel. Denn für die Zugänge zu Cornwall gibt es verschiedene Wege, gefährliche, wie seit alten Zeiten die der Seefahrer oder Heiligen, welche der Brandung oder dem Treibsand von Hayle und Camel trotzten, Wege, die man nur dem Unerschrockenen mit dem Sinn für die Lotsenkunst Begabten empfehlen kann, oder die bequemeren des Jachtfahrers, der die breiteren, sichereren und empfangsbereiteren Gewässer der Mündungen von Fal und Fowey aufsucht, deren Seehäfen der Schiffahrt der Welt noch immer Schutz bieten und einen lebhaften Handel treiben. Diese gewundenen und tief in die waldigen Hochländer reichenden Mündungen scheinen weltenweit von den sandumstürmten Hayle und Camel an der Nordküste entfernt zu sein, obgleich nur wenig mehr als sechzehn Meilen Fal von dem ersten und Fowey von dem zweiten trennen.

Selbst das Klima ist gemäßigter. Hier jagt der Regen nicht länger über den hohen, öden Boden, wo die verkrüppelten Bäume durch seine Kraft seewärts gebeugt werden, sondern es ist nichts als ein Sprühregen. Hier siegten Trägheit und Unlust. Der Fremde, der sein Boot in einer jähen Windstille stromaufwärts lockt, den geschäftigen Hafen unbeachtet läßt, gähnend neben einer Lache oder einem Bach den Anker wirft, döst dann neben dem Steuer, zu faul, um an die Küste zu rudern. Hier herrscht Friede. Die Flut verebbt. Die sanft bewaldeten Hänge zu beiden Seiten, die anfangs das Gestade zu berühren schienen, wirken jetzt entfernter. Schlammbänke bilden sich zwischen ihnen, weich und tropfend, oder leichte Erhöhungen von grauem Schiefer.

Vögel, von den Möwen abgesehen, die ihn zum Hafen gelotst haben, waren bisher nicht vorhanden. Jetzt gibt es sie überall. Austernfänger flitzen mit schnellem, durchdringendem Schrei in schwarzweißem Blitz über die Schlammufer. Die kleineren Wasserläufer und Rotschenkel trippeln, um den Schiefer auszuprobieren. Weiter flußaufwärts, wo ein toter Ast eines gestürzten Baumes, mit Seetang umwickelt, über das Wasser hängt, stolziert ein Reiher, sucht sich seinen Weg wie ein ernster Professor, der fürchtet, seine Galoschen zu verlieren, bleibt dann plötzlich stehn und überlegt, die Flügel gerundet, den Kopf in den Federn vergraben. Später weicht die Flut, die Bäume dunkeln, die Vögel verstummen, und nichts ist zu hören als das Wispern des Wassers um die Ankerkette, bis der Jachtfahrer, wenn er Glück hat, während der zauberhaften Augenblicke, bevor die Dämmerung sich senkt, den Ziegenmelker rufen hört. Es ist ein Ruf, anders als jeder andere, zirpend, tief, seltsam lockend, so daß man, hört man ihn zum ersten Mal, weder an einen Vogel noch sonst ein Tier denkt, sondern an irgendeine vergessene Spielart, eine schuppige Echse, gekreuzt mit einer Kröte. Nichts Süßes ist darin, nicht die Leidenschaft der Nachtigall, nicht die Warnung der Eule; der Ruf ist primitiv, eindringlich mit rhythmischem Heben und Senken, und kommt nicht von den waldigen Hängen, sondern vom offenen Gelände darunter, wo zwischen Fingerhut und Ginster der Ziegenmelker kauert.

Die Stille des oberen Laufes des Fowey und die von Fal und Helford, heute durch das Rattern der Diesel und eines Außenbordmotors unterbrochen, eine rasch vorübergehende Beirrung, war in jener fernen Vergangenheit weniger eindringlich, als die gegabelten Läufe von der Flut weiter im Inland erreicht wurden und tiefgehende Schiffe ihre Frachten in den alten Flußhäfen löschen konnten, die jetzt verschlafene Dörfer am Flußufer sind. Gweek und Constantine am Helford, Tregoney am Fal, Lostwithiel am Fowey kannten bis ins sechzehnte Jahrhundert maritimen Glanz, die Kanäle waren tief genug, damit die Schiffe vor Anker gehn oder an den steinernen Quais anlegen konnten. Eine andere, jetzt versandete und undurchdringliche Mündung reichte ins Inland an Tywardreath vorbei bis zur Brücke von St. Blazey, und wenn der Blick dem Lauf des Moors zwischen den Hügeln folgt, wo jetzt die Eisenbahn rollt, so versteht man im Nu, warum König Marke von Cornwall seine Festung hoch oben in Castle Dor gebaut hat, wo die Einfahrten in Ost und West beherrscht wurden.

Das also war der Zugang des Seefahrers zu Cornwall in den alten Zeiten; doch der Eindringling aus dem Oberland mußte zunächst den Tamar durchwaten, und der Reisende, der das heute auf seinem schnellen Wagen tut, kann einen kurzen Augenblick lang zum römischen Legionär oder zu einem Sachsenkönig werden.

Heute führen etwa dreizehn Brücken über den Tamar, von denen die letzte nur drei Jahre alt und parallel zu Brunels Eisenbahnbrücke von Plymouth nach Saltash. Bevor die Normannen England eroberten, gab es keine, und die Römer wie die Sachsen mußten den Fluß wohl in der Nähe der Quelle durchwatet haben oder jenseits des schlammigen Betts auf das höhere Gelände darüber vorgestoßen sein, wo nur vier Meilen den Tamar vom Meer trennen. Hätten kundige Werkleute in der Vergangenheit einen breiten Graben gegraben, der die Quelle des Tamar mit dem Nebenfluß verband, der unweit davon entspringt und nach Marsland Mouth fließt, so wäre Cornwall eine Insel gewesen. Ein Eindringling wäre um eine Dekade länger aufzuhalten gewesen. So aber ritt und eroberte der Feind und entdeckte, daß das Hochland ein Rückgrat durch die schmale Ausdehnung von Cornwall bildete.

Heutzutage führt eine Hauptstraße über denselben verschollenen Weg und bringt den Reisenden nach Camelford, wo der Sachse Egbert die Bewohner von Cornwall bei Slaughter Bridge besiegte. Hat er, anders als Egbert, eine friedliche Natur und eine Freude am Forschen, so mag er aussteigen, die Ufer hinaufklettern und versuchen, die Quelle des Tamar zu finden. Es wird ihn viele Stunden kosten, er wird sich enttäuscht von Feld zu Feld vorarbeiten, durch spritzendes Moor, bis ein Rinnsal, aus einem Sumpf sickernd und sich ostwärts wendend, ihn seinem Gefährten, der drei Felder entfernt außer Hörweite ist, ein «Heureka!» zurufen läßt. Er mag den Tamar gefunden haben oder auch nicht, doch was es auch für ein Wässerlein sein mag, der Triumph ist vollständig und er spürt den Stolz des Entdeckers.

SHELL STATION
HORST SKORA KFZ-MEISTER
WESTHEIDER WEG 25
4804 VERSMOLD
Stati.Nr 0000000608 Tel.05423/8480

4807 BNr 01/01/1612 23.05.92

00303 DIESEL T M.SERVICE 14,55 DM
1,00 l 14,550 DM/l
09641 Lila Pause Ice-Cre 3,00 DM
2 Stü 1,500 DM/S

Gesamtbetrag DM 17,55

MWST 14,00% 1,79
MWST 7,00% 0,20

#####Feiern Sie mit uns #####
AM 23.5.92 ab 10Uhr

Grosse Tombola und viele Angebote
LOS ## NUR ## 1.00DM.ab sofort erhält.
Kindermalwettbeweb mit vielen Preisen
Thema-das schönste Bild unserer Tankst.
Nicht vergessen am 23.5.könnte auch
IHR # Glückstag # sein#

Shell Shell Shell Shell

Im Verkaufspreis für Kraftstoffe ist der gesetzliche Bevorratungsbeitrag enthalten.

Shell Shell Shell Shell Shell

Shell Shell Shell Shell

Verkauf von Kraft- und Schmierstoffen erfolgt im Namen und für Rechnung der Deutschen Shell AG.

Shell Shell Shell Shell Shell

Shell Shell Shell Shell

„Daten aus geeichten Anlageteilen sind zur besonderen Kennzeichnung durch Sterne * eingeschlossen."

Shell Shell Shell Shell Shell

Shell Shell Shell Shell

Im Verkaufspreis für Kraftstoffe ist der gesetzliche Bevorratungsbeitrag enthalten.

Shell Shell Shell Shell Shell

Shell Shell Shell Shell

Verkauf von Kraft- und Schmierstoffen erfolgt im Namen und für Rechnung der Deutschen Shell AG.

Shell Shell Shell Shell Shell

Shell Shell Shell Shell

II.

Auf den Spuren von Artus und von Tristan

Artus ist für Cornwall, was Theseus für Griechenland ist. Überall stößt man auf seinen Mythus. Hier war es, wo Artus saß oder wo Artus schlief, auf diesem Stein hielt er Tafel, auf diesen Mooren jagte er; Tintagel war sein Geburtsort, Castle-an-Dinas sein Jagdschloß, in Slaughter-Bridge bei Camelford empfing er die tödliche Wunde, in den Warbstowhöhlen liegt sein Grab. Nicht in Cornwall allein, sondern auch in Somerset und Wales und jenseits des Kanals, in der Bretagne, ist Artus ein Held; ein keltischer Krieger, ein bretonischer Fürst, ein cornischer König. Die Barden sangen sein Lob, die Erzähler meldeten seine großen Taten, seine Schlachten, seine Eroberungen, und das Volk flüsterte noch nach Jahren, wenn es den Sachsen-Königen von England Tribut zahlen mußte, wie Artus wiederkommen und sie befreien werde. Später schrieben die Chronisten des Mittelalters, wie König Artus das Zeitalter der Ritterschaft geschaffen hatte, von Lanzenstechen, von Turnieren, von der Errettung der Jungfrauen, die der Stab eines Zauberes oder das Schwert eines Wegelagerers gefangenhielt, von der Suche nach dem heiligen Gral, und so wurde die Sage von der Tafelrunde geboren.

Mythen haben ihren Ursprung in Trost suchenden Seelen, eine Antwort auf den Streit zwischen Gut und Böse, doch die Sage, mit dem noch so primitiven Mythus verwoben, gründet sich auf eine historische Tatsache. Es gab einen Artus, einen christlichen Krieger, vielleicht einen cornischen Häuptling, der Ende des fünften Jahrhunderts lebte und gegen die sächsischen Könige kämpfte. Alles andere ist Vermutung, doch die Tradition, daß er auf dem Boden Cornwalls geboren und gestorben war, gelebt und gekämpft hatte, ist dem cornischen Herzen so teuer, daß sie, trotz den Ansprüchen von Somerset, Wales und der Bretagne, tatsächlich eine Begründung zu haben scheint und zur Geschichte von Cornwall gehört. Die Sage, daß nach seinem Tod einer seiner Krieger sein Zauberschwert Excalibur in einen See geworfen hat, daß seine Leiche in einem Nachen auf eben diesem See aufgebahrt und, von drei weinenden Königinnen bewacht, nach dem Tal von Avalun übergeführt worden sei, bleibt ein Traum romantischer Seelen.

Die Geschichte von Artus ist seltsam verwoben mit der eines andern cornischen Königs, der Zeitgenosse oder Nachfolger von Artus gewesen sein mag. Mark oder Marcus oder, wie er in der Oper heißt, Marke, war im sechsten Jahrhundert oder früher König von Cornwall, und seine Festung stand auf Castle Dor, einst das Bollwerk des Häuptlings Gorlois. In der Artus-Sage wird Gorlois ermordet, und Igraine, seine Gattin, wird von Uther Pendragon verführt und wird Artus' Mutter. Später, als Artus Häuptling oder König ist, wird auch seine Gattin Gwinevere verführt, und zwar von Lancelot, einem Ritter und Liebling am Hof des Königs. Dieses Thema von Verführung und Betrug wiederholt sich auch bei König Marke, der seinen Neffen Tristan ausschickt, um eine Braut aus Irland, die Prinzessin Iseult, zu holen. Die Geschichte vom Liebestrank, den Iseults Magd Bronwyn dem Paar zu trinken gibt, als das Schiff die Braut von Irland nach Cornwall bringt, von ihrer hoffnungslosen Leidenschaft und König Markes Eifersucht ist weltbekannt, bekannter noch als die Geschichte von Artus' Liebe für Gwinevere.

Drei Könige mit den gleichen ehelichen Schwierigkeiten... das setzt die Leichtgläubigkeit auf ein harte Probe. Doch da ihre Königreiche die selben oder vielleicht benachbart waren, wäre die Lösung vielleicht darin zu suchen, daß einer der Könige der ursprüngliche Hahnrei war und die andern später von bösen Zungen verleumdet wurden. Das Thema der eifersüchtigen Gatten und der betrügenden Liebhaber war vorhanden, seit überhaupt Geschichten erzählt werden, und in den frühen Zeiten war es wohl mehr ein Anlaß zu einem Stoß in die Rippen oder einem Scherz als die Eingebung für die Geschichten von unseligem, leidenschaftlichem Verrat, wie sie später Dichter und Erzähler schilderten.

Wer eine Neigung für Ortsnamen und Etymologie hat, eine Vorliebe für alte und neue Landkarten und ein Verlangen, in der Forschung entschwundener Vergangenheit Hügel und Täler zu durchstöbern, hat schon längst eine Freude an dieser Jagd gefunden, und das wird so bleiben. Camelot, einer der sagenhaften Sitze des Artushofs, und die kleine Stadt Camelford sind für die Liebhaber des Gewesenen ein und dasselbe, nicht bloß weil Camelford in der Nähe von Slaughter Bridge liegt, wo, geschichtlich erwiesen, die Bewohner von Cornwall gegen die Sachsen kämpften und unterlagen, sondern auch weil es nur etwa fünf Meilen von der zerstörten Festung Tintagel liegt, die allerdings, sehr zur Enttäuschung eben dieser Schwärmer, nach eindeutigen Feststellungen erst in der Normannenzeit erbaut worden ist. Cadbury Hill in Somerset, wo jetzt Archäologen am Werk sind, mag sich sehr wohl als das Camelot der Sage herausstellen, doch während wir auf ihre Ergebnisse warten, sind die Ansprüche der Bewohner Cornwalls auf andere Sitze König Artus' sehr stark.

Charles Henderson, vielleicht der beste Kenner Cornwalls, mit einem geradezu genialen Forschungssinn begabt, doch schon im jugendlichen Alter von dreiunddreißig Jahren 1933 gestorben, zitierte die Waliser Triaden, die da sagen, daß «Kelly-wick in Cornwall» die Lieblingsresidenz König Artus' gewesen war; somit war Kellywick oder Killibury, eine Bergfestung zwischen den Flüssen Allen und Camel, seiner Meinung nach offenbar dieser Ort, Kelly bedeutet in Cornwall ein Gehölz von Bäumen; heute besteht die Stelle aus zwei kreisförmigen Gräben, gefüllt mit Dornsträuchern und Brombeerbüschen; doch in dieser Lage, den Blick über die Mündung des Camel beherrschend und jeden vom Westen nahenden Feind sichtend, muß dieser umschlossene Kreis vor etwa fünfzehnhundert Jahren eine mächtige Festung gewesen sein.

Jene, die mit Tennysons «Königsidyllen» und Malorys «Tod des Artus» aufgewachsen sind, müssen die Erinnerungen an hochgetürmte Burgen und gepanzerte Ritter beiseitelassen, welche die Jugendausgaben zierten. Die Hügelfestungen der ersten Jahrhunderte waren kreisförmige Erdbefestigungen, manchmal drei Gräben tief, und innerhalb dieses Schutzes standen die hölzernen Hütten, darin die Bewohner aßen und schliefen. Die schönste Bergfestung in ganz Cornwall ist Castle-an-Dinas, oberhalb von St. Colomb, westlich von der Hauptstraße, die über Cornwalls Rückgrat verläuft. Hier ist der innere Kreis 1500 bis 1700 Fuß lang, mit Raum für Stallungen, Kornspeicher, Backhäuser, Speisesäle, Schlafsäle und ein ganzes Heer von Kriegern. Welche Könige auch immer vor der normanischen Eroberung Cornwall beherrscht haben mögen, Castle-an-Dinas war bestimmt ihre stärkste Festung, 700 Fuß hoch gelegen und Straße und Meer beherrschend. Die andern Bergfestungen sind mehr Außenposten, Wachtürme der Festungen kleinerer Herrscher.

Ein anderer Ortsname, der in der Artus-Sage einen großen Platz einnimmt, war das Schloß von Carlyon, wo der König mit Gwinevere Hof hielt. Carlyon-Caerlydan aus dem Jahre 969 ist ein kleinerer Erdwall südlich vom Fluß Fal und besonders interessant darum, weil anderthalb Meilen entfernt Nansavallan oder Avallen liegt, was cornisch Apfelbaum heißt.

Avallen, Avalun, wohin die weinenden Königinnen Artus brachten? Die Erregung wächst. Ein Bach fließt bei Nansavallan und ergießt sich in einen der langen Arme des Fal. In den längst vergangenen Jahrhunderten wäre er breiter und tiefer gewesen. War Artus vielleicht, wie die Tradition will, bei Slaughter Bridge verwundet mit der Sänfte nach seiner südlichen Festung in Carlyon gebracht worden und hatte er sterbend seine treuen Gefolgsmänner gebeten, ihn in ein Boot auf dem Fluß bei Avallen zu betten, wo die Apfelbäume wachsen?

Straßen, Gehöfte, Bauernhäuser muß man vergessen, ebenso die Änderungen in den dazwischen liegenden Jahren. Diese Fahrt über Hügel, Fluß und Tal befeuert, Enttäuschungen zum Trotz, den Eifer der Liebhaber. Die Antwort ist in den Zeiten begraben, das Forschen ist alles.

Kein Fieber ist stärker als das Suchen in der Vergangenheit, wärmt das Blut so sehr wie das Graben nach verborgenen Schätzen, und wer daran teilhat, ist für die Sorgen der Gegenwart verloren. Ich hatte einst einen Onkel, einen Bruder meiner Mutter, der auf seinem Gebiet ein Fanatiker war. Er schwor, daß sämtliche Manuskripte Shakespeares, von Bacon geschrieben, tief im Bett des Flusses Wye liegen. Wie weit er watete, wie lang er forschte, weiß ich nicht, aber er starb als Achtziger, ohne daß seine These bewiesen worden wäre. Vielleicht ist die Krankheit ererbt; alles, was ich weiß, ist, daß ich manchen verschlammten Graben, manche Brombeerhecke durchstöbert und geglaubt habe, erst in Artus', dann in Tristans Spuren zu wandeln. Mein Gatte, mit dem geschulten Blick des Soldaten und einer Schätzung für hochgelegenes Gelände, erklärte, daß Castle-an-Dinas und Castle Dor in alten Zeiten gegen jeden Feind gehalten werden konnten. Über Tintagel als Landungsplatz Tristans mit Iseult, der Braut seines Onkels, lachte er verächtlich. Nicht einmal ein Narr mit einem Flachboot würde mit seinem Fahrzeug hier landen. Hayle vielleicht, da Iseult von Irland kam, oder selbst Camel, aber wahrscheinlicher als beide der Fal, wenn Carlyon der Ort der Begrüßung sein sollte, oder, wenn Marke vorzog, seine Braut in Castle Dor willkommen zu heißen, dann die Mündungen des Par oder des Fowey.

Wie oft sind wir mit Feldstechern und Landkarten, abwechselnd begeistert oder entmutigt hinaufgeklettert, angespornt durch die Überzeugung Sir Arthur Quiller-Couchs, der es von einem Professor Loth hatte, der es wiederum seinerseits aus dem frühesten vorhandenen Manuskript der Tristan-Schriften, «Le Roman de Tristan» des Chronisten Béroul im zwölften Jahrhundert, umgeschrieben hatte, daß König Markes Schloß in Lancien stand, dem früheren Namen von Lantyan, das jetzt eine Siedlung in der Nähe des Fowey bei Castle Dor ist. Ausgrabungen in den Jahren 1936 und 1937 auf Castle Dor, angeregt von Dr. Singer und ausgeführt von C. A. Ralegh Radford und dem Grabungsausschuß von Cornwall, gaben dem Gelehrten recht. Sie verlegten die erste Hügelfestung in Castle Dor ins zweite Jahrhundert vor Christi Geburt, als es ein befestigtes Dor war, und die Funde legten nahe, daß die Bewohner mit Zinn handelten und Verbindungen mit den Bretonen hatten.

Während der römischen Besetzung von Cornwall, die mehr als drei Jahrhunderte dauerte, verfiel die Festung. Später, etwa im fünften Jahrhundert n. Chr. G., wurde die Mitte der Festung als Wohnsitz eines Stammeshäuptlings hergerichtet, hatte eine große Halle für den Herrscher und an den Toren Pförtnerhäuser. Hier war, ohne Zweifel, das ursprüngliche Lancien, Festung und Schloß König Markes, des Gatten Iseults. Ein Jahr später, 1939, kam der Zweite Weltkrieg. Die Grabungen wurden eingestellt und nie wieder aufgenommen.

Heute, 1966, trägt Castle Dor keine Spur von Grabungen, sondern ist wieder zu aufgeworfener Erde und Gräben voll Gestrüpp geworden. In diesem Frühjahr war die Mitte des Raumes, wo einst Markes große Halle sich erhob, etwa neunzig

Fuß lang mit Seitenschiffen, Balkendach und gegiebeltem Vorraum, unter der Pflugschar. Alles ist jetzt begraben; Ställe, Kornspeicher, Pförtnerhäuser, die Halle des Herrschers liegen wirr durcheinander und vermengt mit den Hütten der Siedler aus der Eisenzeit, um nie wieder von Spaten und Spitzhacke gestört zu werden. Es ist kein Geld vorhanden, auch das Interesse ist nicht groß genug, um noch ein Wagnis zu unternehmen. Der Traum, die ganze Anlage – die ersten Siedlungen der bretonischen Händler – zu Tage gefördert zu sehen, die Wiederherstellung von Markes Palast ungefähr in seiner früheren Gestalt, bleibt ein Traum.

Der Wanderer, die alten Sagen lebendig in der Erinnerung, mag noch immer auf dem äußern Rand von Castle Dor stehn und zunächst westwärts nach dem Meer blicken, wo einst die Mündung des Par in die Küsten einschnitt, dann ostwärts nach dem Fluß Fowey, der sich jenseits der Kirche St. Sampsons in Golant zu den waldigen Hängen unterhalb des Gehöfts Lantyan windet. In der Kapelle von St. Sampson soll, dem französichen Chronisten Béroul zufolge, Königin Iseult die Messe gehört haben; am Ufer des Flusses war es, wo sie ein Stelldichein mit ihrem Liebhaber hatte, während der eifersüchtige König in einem nahen Obstgarten lauerte. Ortsnamen auf einer alten Karte von Lantyan sind bezeichnend – Mark's Gate, Pilfer (Hintertüre?), Gate und Prior's Meadow. Es ist möglich, daß dort, wo jetzt das Bauernhaus steht oder näher zum Fluß, der König eine abgesonderte Wohnstatt hatte mit den Gemächern der Königin daneben, wo er mehr Schutz und Absonderung fand als bei der Besatzung von Kriegern auf dem Hügel von Castle Dor. Ein Bach entspringt unterhalb der Festung und fließt durch abfallende Felder hinunter nach Woodget Pyll und dann in den Fowey. Heute ist es nur ein kümmerliches Rinnsal neben dem Wiesenpfad, doch weniger als ein Jahrhundert vorher nannten die alten Leute in der Nachbarschaft den Bach

Deraine Lake und behaupteten, er habe in früheren Zeiten einen See gebildet, auf dem Schwäne schwammen, und den ein König für seine Königin angelegt hatte. Deraine Lake... Lac de la Reine? Das ist eine seltsame Tradition, die sich fünfzehnhundert Jahre erhalten hat und noch heute in der Erinnerung lebt.

In Woodget Pyll sind heute Schwäne, und bei Hochwasser, wenn die eindringende Flut über die Schlammufer steigt und der Bach tatsächlich ein See wird, kann man sehen, wie sie sich gegen die Flut stemmen und einen Pfad hinter sich lassen wie das Kielwasser eines Schiffes. Neben Woodget Pyll und dem Weg oberhalb neben den Wäldern an Lantyan vorüber und zu dem Bach jenseits des Viadukts zu schlendern, war in späteren Tagen, die Forschung nach den Spuren Tristans ständig im Sinn, einer unserer Lieblingsspaziergänge. Inseln, von Schlammhaufen in jedem Bach gebildet, wenn die Flut wich, könnten der Kampfplatz sein, wo Tristan den irischen Boten Morholt zum Zweikampf herausforderte, wie die Chroniken berichteten, und es ihm überließ, sich schwimmend zu retten – ein Duell zu Fuß, bei dem beide Kämpfenden im Sumpf stolperten. Die spaßhafte Art dieses Zweikampfes stimmt zu früheren Traditionen, denn Béroul, unbehindert von Bildern höfischer Ritterlichkeit, schildert die Taten seines Helden Tristan mit lebhaftem Vergnügen. Marke, Iseult, Tristan bilden das Dreieck von eifersüchtigem Gatten, treuloser Frau und glühendem Liebhaber, und die beiden jungen Leute denken nur an Betrug. Szenen sind in ihrer Einfachheit so possenhaft geschildert, daß die Zuhörer sich die Seiten vor Lachen halten müssen. König Marke, der seine Frau im Bett erwischen will, streut Mehl auf den Boden neben dem Bett, um dort den Abdruck von Tristans nackten Füßen festzustellen, doch der schlaue Liebhaber spottet der List des Königs und springt aus ansehnlicher Entfernung in das Ehebett, so daß das Mehl unberührt bleibt. Daher ohne Zweifel der berühmte «saut Tristan», die spätere Großtat des höfischen

Ritters. Béroul berichtet auch, wie Tristan, als Pilger verkleidet, bei der Furt genannt Mal Pas darauf wartete, daß die Königin auf dem Weg nach Carlyon dort vorüberkam. Das war keine ritterliche Handlungsweise, sondern ein Komplott zwischen beiden, damit sie auf seinen Schultern hinüberreiten konnte, und als er ausglitt und sie miteinander in den Schlamm fielen und ziemlich lange brauchten, um sich wieder zu befreien, konnte die Königin nachher ihrem Gemahl, dem König, schwören, sie sei mit keinem andern Mann als mit einem Pilger im Schlamm gelegen. Mein Mann, dem ich diese Fassung erzählte, war enttäuscht und sagte, ich hätte ihm eine Freude seiner Knabenzeit verdorben.

Wir fuhren noch einmal zu den Ufern des Flusses Fal, standen in Malpas, dem Mal Pas der Dichtung, und schauten auf die Kreuzung der Gewässer zwischen dem Tresillian und dem Truro, wo die Fähre noch immer verkehrt. Die Flut war hoch, und die Schlamminseln, auf denen Tristan und die Königin gestolpert, waren völlig zugedeckt. Mein Mann betrachtete den Schauplatz mit dem Feldstecher und plötzlich überkam ihn die Wehmut, die auf persönlichere Denkwürdigkeiten zurückzuführen war. Er erinnerte mich daran, daß wir hier auf seinem Motorboot Ygdrasil eine Nacht unserer Flitterwochen verbracht hatten, und irgendwo im Schlamm lagen nicht die Spuren von Tristan und Iseult, sondern ein kleiner Scheuerlappen, an dem er sehr hing und den er seit dem Kauf des Bootes an Bord gehabt hatte. Fünfundzwanzig Jahre lang hat er darum getrauert. Und ich mußte nicht erst erinnert werden.

Wir zogen weiter, ließen St. Clement über uns unbeachtet, einst der Waid von Moresk, wohin sich nach Bérouls Aussage Tristan und Iseult vor Marke geflüchtet und wo sie sich wochenlang versteckt hatten. Und nachdem wir durch Truro gekommen waren, schauten wir abermals nach dem vergrabenen Schloß Carlyon und den Apfelgärten von Avalon aus. Wälder und Bäche gab es in Menge, Autos umsummten uns auf der Straße, doch die Apfelbäume blieben unsichtbar. «Vielleicht», sagte ich, «ist nichts davon wahr, und es gab weder einen Nachen noch einen sterbenden Artus. Wenigstens nicht hier.» Doch mein Mann hing zäh an seinen Träumen von den weinenden Königinnen, und wir kämpften uns durch den Wald zu dem schlammigen Bach, der in den Fal mündet, und stellten uns eine niedrige Barke mit spitzem Bug vor, die bei Ebbe den Bach abwärts fuhr, um in die Mündung und ins Meer dahinter zu gelangen.

Mein Mann senkte den Feldstecher; er ließ sich weder seine Vision der Vergangenheit noch seinen Glauben an die Zukunft trüben.

Ob Artus zur See oder in den Apfelgärten von Nansavallan starb, jedenfalls ist das Schicksal Tristans anscheinend beglaubigter, obgleich Béroul mitten in seiner dichterischen Eingebung abbrach und das Epos unvollendet ließ, damit andere es zu Ende dichteten. Von dem Troubadour Thomas hat der deutsche Meister Gottfried von Straßburg das Epos übernommen, aber auch nicht vollendet. Spätere Darstellungen berichten, wie Tristan nach der Bretagne entrann, dort eine andere Iseult fand und der ersten untreu wurde. Durch eine vergiftete Waffe verwundet, sendet er seiner ersten Liebe eine Botschaft, sie solle doch kommen und ihn heilen. Falls sie käme, sollte das Schiff weiße Segel, liebte sie ihn aber nicht mehr, so sollten die Seeleute schwarze Segel setzen. Er wartet, todwund, auf die Ankunft des Schiffes, doch die zweite Iseult, Iseult Weißhand genannt, beobachtet eifersüchtig den Horizont und berichtet ihm, ein Schiff mit schwarzen Segeln nahe sich. Tristan stirbt in Verzweiflung, die Königin von Cornwall, noch immer treu, landet in der Bretagne, findet den Geliebten tot und stirbt darüber selbst vor Gram.

Diese Fassung ist ein seltsamer Widerhall einer sehr alten Sage. Der Sage von der Rückkehr des Theseus aus Kreta, wo er den Minotaurus besiegt hatte. Er hatte seinem Vater, König Aegeus, versprochen, weiße Segel zu setzen, wenn er von seiner gefahrvollen Fahrt heil wiederkäme. Doch weil er die Tochter des kretischen Königs, Ariadne, auf Naxos verlassen hatte, bestraften ihn die Götter, er vergaß die schwarzen Segel mit weißen zu vertauschen, und sein Vater stürzte sich ins Meer, das nach ihm das Aegeische heißt. Diese Form der Tristansage aber ist völlig unglaubhaft. Er starb in Cornwall, ob durch einen vergifteten Speer von der Hand seines Rivalen, des Königs Marke, oder durch eine Wunde, die er in einer Schlacht empfing, kann niemand beweisen. Die zweite Version ist die wahrscheinlichere. Denn nicht weiter als anderthalb Meilen von König Markes Festung in Castle Dor, dem alten Lancien, steht ein Pfeiler, etwa sieben Fuß hoch, und in ihn eingegraben ist die Inschrift: «Drustans Hic Jacit/Cvnomori Filius». Commorus oder Quonomorius ist von Gelehrten als Marcus oder Marke, König von Cornwall, festgelegt worden und Drustans als Tristan; für uns, weniger gelehrte, die diese Inschrift betrachten, heißt sie: «Tristan liegt hier, Markes Sohn.»

Der Stein stand nicht immer bei der Straßenkreuzung, sondern lag irgendwo in der Nähe. Vielleicht als die Felder zu beiden Seiten der alten Straßenkreuzung umgegraben wurden wie das Gelände von Castle Dor, hatte man die Bestattungsplätze von Kriegern entdeckt und den Grabstein Tristans gefunden. Die Inschrift «Markes Sohn» weist darauf hin, daß der König, selbst wenn die Liebesgeschichte wahr und die Beziehung noch inniger und unerlaubter gewesen wäre, als die Chronisten berichten, sich, als sein Sohn starb, keineswegs entehrt gefühlt hatte. Der Stein, das Denkmal eines kämpfenden Prinzen, hat seit dem fünften Jahrhundert unserer Zeitrechnung der Zeit und allen Spekulationen widerstanden.

Kein Gedenkstein des Königs wurde je durch Spaten oder Pflug aus dem Boden gegraben, doch abermals anderthalb Meilen seewärts, mit der Aussicht über die weitgeschwungene Bucht des Par steht ein altes Haus auf Fundamenten aus dem vierzehnten Jahrhundert. Es wird Kilmarth genannt. Und dieses Wort bedeutet in der Sprache der Leute von Cornwall Markes Ruhestatt. Es ist eigenartig und rührend, sich vorzustellen, daß dieser Ort, einst das Heim Professor Singers, der als erster anregte, Castle Dor auszugraben, die letzte Zufluchtsstätte eines alten cornischen Königs gewesen sein soll; vergangen war die Leidenschaft, vergessen die Eifersucht, und er schaute friedlich auf das offene Meer hinaus.

III.

Das Klima

Vor einigen hundertfünfzig Millionen Jahren wurde – so berichtet man uns – Cornwall oder was damals von Cornwall vorhanden war, von tropischen Meeren umspült, und dann als die Eiszeit hereinbrach, wurde es von frostigen Winden gepackt. Während der langen Jahrtausende, die folgten, änderte das Klima sich abermals zu wärmeren Sommern und feuchten Wintern, bis in historischen Zeiten – heute also – zwischen Sommer und Winter nur geringe Unterschiede eintraten und die Halbinsel in eine Art von ständigem Frühling gebadet dalag. Nicht der Frühling mit blendendem Sonnenschein und wolkenlosem Himmel, wie ihn die Reiseplakate zeigen, sondern eine gemäßigtere Angelegenheit, als ob ein milder Februar sich zu einem feuchten Juni verlängern würde, ein weicher Nebel herrscht, und der Feriengast, Badesachen und eine Flasche Sonnenbräune im Koffer, entdeckt verwirrt, daß er das Meer wohl riechen und hören, aber nicht sehen kann. Der weiße Nebel treibt von der Küste ins Land, löst sich in Streifen auf; ganz grundlos wird ein verhülltes Tal befreit oder auch ein in der Falte eines abschreckenden Berges gekauertes Dorf, und die beiden sind für einen halben Tag in fast tropische Ruhe gehüllt, während die Küsten und das Hauptland frösteln.

Dieser Unterschied in der Temperatur, diese Launen des Wetters wechseln von Meile zu Meile gleichsam in verrückter Eigensinnigkeit. Hier, an der Mündung des Fowey, wird es vom Morgen bis zur Abenddämmerung ununterbrochen regnen, über Land aber, beim Camel, ist keine Wolke zu sehen. Doch noch verwirrender ist es für jene, die sich an einem Hochsommertag in Ölmäntel und hohe Wasserstiefel gehüllt haben, durch einen Anruf aus London zu erfahren, daß das übrige England in einer Hitzewelle von äquatorialer Heftigkeit schwelt.

Schlüsselblumen, an einem Januarmorgen gefunden, Narzissen, vor dem Valentinstag blühend, Kamelien und Rhododendren, anfangs Februar knospend und blühend, sind ein Trost, doch keine vollkommene Entschädigung für die Sommerwärme, die wir allzu oft vermissen. Anti-Zyklone wehen an uns vorüber, Depressionen haben uns erlesen. Der in Cornwall vorherrschende feuchte und im Wesen milde Südwestwind ist die Ursache all unseres Mißvergnügens, doch ohne ihn verlöre Cornwall seinen Charakter und würde ein verdorrtes, trauriges Land.

Ein Schriftsteller in der ersten Hälfte des siebzehnten Jahrhunderts schildert die Lage sehr klar: '«Die Luft, von häufigen Winden und den Gezeiten gesäubert, ist sehr rein und gesund, so daß die Einwohner nur selten von ansteckenden Krankheiten geplagt werden. Da die Luft aber scharf und durchdringend ist, erholen Kranke, zumal Fremde, sich nur langsam. Die Jahreszeiten sind ein wenig verschieden von jenen in andern Gegenden; der Frühling ist verspätet, der Sommer gemäßigter, Herbstobst gedeiht später, und seine Ernte ist selten vor Michaelis zum Einbringen reif, dann aber in gutem Stand, und der Winter ist wegen der warmen Brisen viel milder, denn Frost und Schnee sind sehr selten und verschwinden rasch. Doch ist das Land, vom Meer umrundet, so heftigen Stürmen ausgesetzt, daß sie nicht nur die Häuser abdecken, sondern auch die Hecken aufreißen und das Wachstum der Bäume behindern. Eine Form dieser Stürme, die sie zu den wildesten zählen, nennt man Flaw oder Flagh.»

Ein Londoner namens Walter White, der im Juli 1854 nach Land's End wanderte, fand, der Sommer von Cornwall «bringe bei manchen Konstitutionen ein Gefühl von Schlaffheit und Bedrückung hervor, das in einer trockeneren Atmosphäre unbekannt ist. Das sind Erwägungen, die man beim Erörtern der wichtigen Fragen der Luftveränderung nicht aus den Augen verlieren darf. Sowohl auf den Klippen von Devonshire wie auch auf denen von Cornwall gibt es nur wenige Tage, an denen man einen Mantel nicht zweckmäßig findet, und die Abende sind fast unvermeidlich frostig.» Er wiederholte auch den beliebten Spruch, daß Cornwall an jedem Tag einen Regenschauer habe und am Sonntag deren zwei. Als Mr. White seine Wanderung weiter westwärts fortsetzte, bemerkte er, daß «manchmal Regen einsetzt, zwei oder drei Wochen andauert und alles vor den Türen jämmerlich und im Haus feucht macht».

Die Bequemlichkeit seiner Nachtquartiere befriedigte ihn, denn er zahlte selten mehr als einen Shilling sechs Pence für das Bett und zwei Mahlzeiten. Immerhin verfolgte ihn das Wetter, und er notierte, daß die schrecklichen Winde «den salzigen Gischt zehn Meilen tief ins Land trugen, so daß man ihn an den Fensterscheiben und an den Halmen fühlen konnte. Manchmal vernichtet er ganze Morgen von Weizen nahe der See. Man sieht, daß einige der alten Herrenhäuser gegen Osten und Südosten gerichtet sind, ohne Rücksicht darauf, was sich dem Beschauer von den Vorderfenstern bietet. Die Erbauer haben eine Lage vorgezogen, bei der die Rückmauer des Hauses durch einen niedrigen Hügel oder einen Baumgürtel geschützt wäre.»

Doch wenn die wenigen bezaubernden Tage kommen, an die man sich nachher immer dankbar erinnert, so erwachen sie in schimmerndem Dunst und fast griechischer Schönheit, und die See in der Par Bay ist milchweiß von den Bächen, die von den Kreide-Hügeln hinter Luxulyan einströmen. Kein Laut als das Plätschern des Wassers am Bug vorbei, wenn das Boot wie ein Gespensterschiff über die Bucht nach Black Head gleitet, um dort zwischen Gwendra Point und Ropehaven vor Anker zu liegen. In früheren Zeiten benützten die Schiffe diese Stelle als Ankerplatz, weil man dort vor den Südwestwinden geschützt war, und bei Ebbe, wenn man hier zwischen grobem Kies und Tang umherstolpert, kann man Spuren der Mole finden, die einst hier stand; die flachen Steine glänzen dunkel und grau unter der Oberfläche des Wassers. Zum Schwimmen ist das Wasser zu kalt, weil das Ufer schnell mehrere Faden tief abfällt, und das Wasser schmeckt salziger als näher zu unserer Wohnstätte in Pridmouth. Die Strände, durch eine Straße zugänglich, sind schwarz von Menschen, Köpfe tauchen eine Meile weit draußen aus dem Wasser, kleine ratternde Motorboote oder schnelle Canoes flitzen wie Elritzen zwischen ihnen hin und her.

Hier, in dem alten Ropehaven, ist alles Friede, der lange Nachmittag zieht sich hin, bis ein langsames Plätschern gegen die Ankerkette das Boot gemächlich tanzen läßt und der Steuermann unruhig wird, denn er spürt das erste Gewisper einer Brise. Das träge Dösen unter der Sonne ist vorbei. Die Segel werden gesetzt, der Anker gelichtet, die Schoten werden befestigt, und wir machen uns auf den Heimweg quer über die Bucht, während ein Seitenwind von Nordwesten uns nach Fowey zurücktreibt. Wir werfen achtern Makrelenangelschnüre aus und befestigen sie, und während einer von uns mit dem Trimmen der Segel beschäftigt ist, blicken die andern nach dem Land, wo die Kreidehügel hart und weiß am westlichen Horizont ragen. Dann nähern sich, farnkrautbestanden, der grüne Hang der Halbinsel Gribbin und dahinter zwischen der Baumdecke zwei Schornsteine und das graue Dach von Menabilly.

Wir kommen in den Hafeneingang, ziehen die Angelschnüre ein und finden an einer einen schlaffen und längst toten Fisch, dessen zappelnde Gegenwehr keiner von uns gemerkt hat. Die Brise legt sich, die Flut ist schwach, und mit unendlicher Geschicklichkeit, aus langer Erfahrung geboren, bringt der Steuermann das Segelboot zu seinem Ankerplatz bei Pont Pyll. Die Boje wird gehoben, die Segel werden eingezogen und versorgt, der Fisch geputzt, und als die zähen Därme in die Luft geworfen werden, erscheinen sämtliche Möwen von Fowey, kreisen, kreischen, bis eine, gieriger als ihre Gefährtinnen, dort ins

Wasser taucht, wo das Zeug hineingefallen ist, und es wollüstig schluckt.

Das ist der Augenblick, um eine Pause zu machen, eine Zigarette anzuzünden und umherzuschauen, um das Boot abzuschätzen, das zu Gast hier ist und in dem Fleck unterhalb von Polruan vor Anker liegt. Die Stadt Fowey war seit dem frühen Nachmittag im Schatten, doch Polruan und all die östlichen Hügel, die sich zu Pont Creek senken, werden noch von der sinkenden Sonne erwischt, und das Gekräusel auf dem Wasser ist dämmerig-rot. Es ist ein Augenblick der Zufriedenheit und Ruhe. Obgleich wir nur etwa sechs Stunden fort gewesen sind und nur zweimal sechs Meilen zurückgelegt haben, ist das die Ruhe des Tagesendes. Morgen und morgen und morgen... Doch wenn der Morgen graut, geschieht es, um uns zu lehren, daß die Verheißung einer Wiederholung sich nicht erfüllt. Der Wind hat sich in der Nacht von Südwesten her gedreht, der Himmel ist bedeckt, und während wir uns die Augen reiben und über das Gras blicken, tropft schon der erste Regen, anfangs sanft, nichts Besonderes, eine kleine Unbequemlichkeit, nach und nach aber wachsend bis zu dem stetigen, schrägen Guß, der bedeutet, daß man einen Tag daheimbleiben muß, Rechnungen zahlt, Briefe schreibt und sich nach dem Tee einen Spaziergang von zwanzig Minuten unter dem tristen Dämmern tropfender Bäume auferlegt.

So wird das Klima von Cornwall von den Eingeborenen mit einem philosophischen Achselzucken hingenommen, von den späteren Siedlern mit geringerer Courage, die Sommergäste werden durch Plakate, auf denen sich Mädchen in Bikinis im goldenen Sand räkeln, zu allerlei Erwartungen angeregt, und sie reden sich ein, wenn es gestern naß gewesen war, würde es morgen schön sein.

Der Reisende aus London, Mr. Walter White, hatte darin Glück, daß, als er schließlich Land's End erreichte, der Tag ruhig war. Ein Franzose, Monsieur Alphonse Esquiros, der vor genau einem Jahrhundert, ungefähr zehn Jahre später seinen Spuren folgte, war nicht so glücklich. Ihn begrüßte zuerst ein dichter, schwarzer Nebel und dann ein Sturm. Er suchte Zuflucht in einer Schule bei Sennen Cove, wurde eingeladen, sich auf die Bank unter die Schüler zu setzen, während der Lehrer ihm bitter vorjammerte, daß die Gegend entweder zu heiß oder zu kalt und jederzeit unbewohnbar war. Wenn der Wind weht, wurde ihm versichert, bedarf ein Mann zweier anderer Männer, die ihm das Haar auf dem Kopf festhalten. Daraufhin war er nicht überrascht, als er in den Gesichtern der Einwohner von Sennen entdeckte, was er als «eine Art schwermütigen Ernstes» bezeichnete, «die Frauen zumal wirken streng und traurig, die Züge hart wie Felsgestein, die Stirnen vorzeitig gefurcht». Geschichten von einer ganzen Familie, die in einem Sturm umgekommen war, bedrückten ihn noch mehr, und er war froh, in seine Behausung in Penzance zurückzukehren. Obwohl vom Gleichmut der Leute von Cornwall, von ihrer Unempfindlichkeit gegen Armut und Härte beeindruckt, suchte er vergebens, wie er seinen Lesern mitteilte, wenigstens am Sonntag die Szenen häuslicher Freuden, häuslichen Glücks, die von englischen Dichtern so herzig geschildert werden. Die Bauern, fand er, sprachen wenig, und es war schwer, den Grund für diese Schweigsamkeit zu entdecken, die manchmal als Kälte wirkte. War es Gleichgültigkeit gegenüber ihrer Lebensform? War es Verzicht oder jene Art stummer Zufriedenheit, die das Bewußtsein streng erfüllter Pflicht dem Menschen verleiht?

Die Zurückhaltung, die er an dem Charakter der Bewohner Cornwalls beobachtete, war etwas Stärkeres, etwas tiefer Eingewurzeltes, ein Selbst-Genügen, das sich durch Jahrhunderte der Unabhängigkeit in den Knochen festgesetzt hatte, so daß der Mensch in weitem Ausmaß sein eigener Herr blieb und dem fragenden Fremden gegenüber einen natürlichen Skeptizismus

Land's End

Tintagel

Tristan-Stein

Castle Dor

Marsland Mouth

Cornwalls Rückgrat war einst Moor oder Hügelland

Hütte eines Zinngräbers

Verlassene Zinnmine

Burg Launceston

Mên-an-Tol bei Lanyon

und ein Mißtrauen entwickelte. Auch die Geschichten, die man mit düsterer Miene dem Franzosen erzählte, von entsetzlichen Stürmen und Massenertrinkungen, mochten zu der dramatischen Begabung gehören, die sie alle geerbt haben, denn trotz der eingeborenen Zurückhaltung sind die Leute von Cornwall wie die Iren große Erzähler. Oder waren es. Heute ist diese Kunst im Sterben und mit ihr das Bedürfnis, sich auszudrücken. Nicht länger mehr sind während der Winterabende die Läden geschlossen, die Lampen angezündet und die Familie um den Herd versammelt, um den alten Geschichten zu lauschen, wie das, meiner eigenen Erinnerung nach, vor fünfunddreißig Jahren noch der Fall war. Das Fernsehen macht uns zu Sklaven und Unterhaltungsbedürftigen, und wir können nur gerade noch den Wind draußen hören. So mag sich wohl die Weltkenntnis des gefangenen Cornwallers erweitern, er verliert seine unschätzbare Erbschaft des Anders-Seins; Geschmack, Unterhaltung, Meinung, Ansicht, alles wird gleichgeschaltet.

Nur wenn ein heftigerer Windstoß als gewöhnlich einen Südweststurm verkündet und Bäume und elektrische Drähte durcheinanderwirbelt, finden diese Leute von Cornwall, einer wie der andere, sich in ihrer Absonderung wieder. Die Öfen erlöschen, Bildschirme verstummen, und jene, die glücklich genug sind, in einem Winkel einer Küchenschublade eine Schachtel Kerzen zu besitzen, suchen sich ihren Weg ins Bett. Draußen können sie die volle Wut des Orkans hören, den peitschenden Regen, das Brüllen des fernen Meeres, wenn Cornwalls Klima, unbekümmert um Zeit oder Jahrhundert, sich verhält, wie es das immer getan, immer tun wird, Hügel und Täler eine ganze Nacht lang erbarmungslos durchtobt, um sich bei Morgendämmerung in mürrischer Stille zu erschöpfen.

IV.

Die «Hundreds» von Cornwall und die Madron-Quelle

Ursprünglich war Cornwall in Bezirke geteilt, die als «Hundreds» bekannt waren, obgleich es nicht ganz sicher ist, wie und warum sie entstanden sind. Charles Henderson glaubte nicht, daß sie sich zufällig durch die Trennung keltischer Stämme gebildet haben, sondern meinte, sie seien zu einer bestimmten Zeit geschaffen worden, um Cornwall den geographischen Verhältnissen entsprechend in Bezirke zu teilen.

Die Listen reichen bis ins elfte Jahrhundert zurück, doch die «Hundreds» müssen schon lange vorher bestanden haben. Ihre Namen haben einen bezaubernden Klang wie alle Dinge in Cornwall: Penwith, Kirrier, Pyder, Powder, Trigg, East Wivel, West Wivel, Lesnowth, Stratton.

Die alten Landkarten zeigen die neun Teile sehr deutlich, und mit Hilfe eines cornischen Dialektwörterbuchs ist es sogar möglich, die Herkunft dieser Namen zu ahnen. Stratton bedeutet anscheinend Hauptstraße; das war der erste Bezirk, denn beim Dorf Stratton lag die ursprüngliche Hauptstraße vom Tamar her. Der Bezirk Stratton beginnt an der Grenze von Devon, in Marsland Mouth an der Nordküste, und geht in den zweiten Bezirk, Lesnowth, über, einige Meilen nördlich von Dizzard Head. Lesnowth, was soviel wie die «neue Weite» bedeutet, und Stratton besitzen ein Stück der schönsten Küstenstrecke von ganz Cornwall, zumal Stratton, wo die hohen Hänge oder die Täler steil zu dem Meer abfallen und es zum Glück noch wenige Gebäude gibt. Tintagel ist in Lesnowth, ebenso Boscastle und die wildesten Moore östlich von Camelford. Der Bezirk Lesnowth wendet sich nach Trigg, was von «der dritte» abgeleitet wird und somit «der dritte Bezirk» bedeutet. Er folgt der Nordküste bis zur Mündung des Camel, streckt sich ins Inland, über Bodmin und die alte Hauptstraße südlich nach Lostwithiel. Von der Mündung des Camel nach St. Agnes Head reicht der Bezirk Pyder – Pyder heißt «der vierte» – und seine Ostgrenze ist noch der große Sattel oder das Rückgrat von Cornwall, das die Nordküste von der Südküste trennt.

Hinter St. Agnes Head bildet der Landstreifen, inbegriffen die «towans», die Mündung des Hayle und die ganze Halbinsel Land's End samt Mount's Bay an der Südküste, den Bezirk Penwith. Für Penwith gibt es drei Übersetzungen: «Das letzte Vorgebirge», «das Vorgebirge zur Linken» und, noch interessanter, «das Kap des Gemetzels». Hoch oben auf diesen Mooren von West Penwith sind die zahlreichen Erdringe und Gräber, welche die Begräbnisstätten jener ersten Siedler in vorhistorischen Zeiten waren. Ob sie im Kampf gegen Eindringlinge vom Meer her fielen oder in den Kämpfen der Stämme untereinander, vermag niemand zu sagen, doch «das Kap des Gemetzels» weist auf eine alte Tradition hin, daß in den längst vergangenen Zeiten Penwith eine Stätte des Haders gewesen ist.

Kirrier, «Hohe Küste» oder «Grenze», verläuft von Porthleven in der Mount's Bay nach Lizard Point und dann nach dem Westufer des Fal. Östlich vom Fal zieht sich Powder, der siebente Bezirk und der «Eichenort» von St. Mawes zum Hafen von Fowey. Es trägt seinen Namen zu Recht. Dies ist der bewaldetste Teil der ganzen Halbinsel Cornwall und mit seinen Flüssen Fal und Fowey auch der fruchtbarste. Powder grenzt an West und East Wivel, das erste reicht von der Foweymündung bis zum Fluß Looe, das zweite bis dorthin, wo die Mündung des Tamar in den Sund von Plymouth tritt. Wivel oder Wyvell's bedeutet die «Grafschaft der Waliser oder der Fremden», und dieser östlichste Bezirk von Cornwall mochte sehr wohl in frühen Tagen den Eindringlingen überlassen worden sein, die über die Waliser Grenze nach Devon und so auf die Hauptstraße bei Stratton im Norden gekommen waren.

So ergibt sich ein Sinn aus den neun «Hundreds», die der ganzen Küstenlinie von Cornwall folgen: die Hauptstraße, die Neue Weite, der dritte und der vierte Bezirk, das linke Vorgebirge oder Kap des Gemetzels, die Hohe Küste, der Eichenort, das westliche und das östliche «Hundred» der Fremden oder Waliser.

Diese Bezirke bildeten die folgenden Jahrhunderte hindurch bequeme Einheiten für die Verwaltung, für Steuer- und Kirchspiel-Systeme und für die feudalen Rechte der grundbesitzenden Herren; doch für jene unter uns, denen Personen interessanter sind als Systeme, Bräuche interessanter als Rechtsprechung, ist es erregend, zu entdecken, daß, je weiter westwärts wir in Cornwall wandern, desto weiter wir in die früheren Zeiten, die früheren Lebensformen vordringen, zu einem weitern Ausmaß von Sprüchen und Aberglauben, ja, sogar zu einer Veränderung von Akzent und Tonfall. Die Bewohner von Cornwall im Osten haben eine langgezogene, unartikulierte Aussprache wie die Leute in Devon – oder hatten sie wenigstens vor einer Generation, bevor das Fernsehen hereinbrach; und das ist verständlich, wenn man sich dessen entsinnt, daß sie in West und East Wivel leben, der Grafschaft der Fremden. Nur geringe Unterschiede findet man, wenn man nach Mittel-Cornwall gelangt, zum dritten und vierten Bezirk und dem Eichenort; kommt man aber nach Kirrier, der «Hohen Küste», und vor allem nach Penwith, westlich vom Fluß Hayle, so dringt einem der Singsang eines andern Tonfalls ans Ohr; selbst der Wortschatz ist oder war ganz verschieden. In Mousehole, dem kleinen Fischerhafen in der Mount's Bay in West Penwith, war es, wo im Jahre 1777 der letzte Einwohner starb, der noch die alte cornische Sprache sprach; die Madron-Quelle in eben demselben Bezirk war es, zu der die Frauen im Mai ihre Kinder brachten, um sie von der Gürtelrose, den Windpocken, den Ausschlägen und andern Leiden zu kurieren und sie gegen Behexung und den bösen Blick zu kräftigen.

Heute lockt die Klaue Cornwalls, West Penwith und Kirrier inbegriffen, von Clodgy Point am Ozean bis nach Lizard Point an der Kanalküste mehr Touristenverkehr an als vielleicht irgendeine andere Gegend von Cornwall. Cars, Autos, Wohnwagen, längs der Straße angesammelt, parkieren auf dem flachen Land, verdunkeln die Buchten und Zufahrten während der Sommermonate von Pfingsten bis September; treten aber am Dreiundzwanzigsten des Monats die Aequinoktien ein, die mit dem Ende der Schulferien zusammenfallen, dann verschwinden die Gäste über Nacht und überlassen die Klaue ihrem früheren menschenleeren Glanz.

Vor etwa fünfunddreißig Jahren konnte man noch mit dem Pony reiten oder fahren und über die Straßen und Pfade des «Kaps des Gemetzels» traben und war selbst im Sommer der einzige Eindringling. Eine Freundin und ich schlugen einmal an einem Abend tiefer Stille ein kleines Zelt zwischen Cape Cornwall und Botallack Head auf. Ich kann mich jetzt noch an die Ruhe von Meer und Himmel erinnern, an das ferne Geplätscher des Atlantischen Ozeans gegen die Klippen unten, und unsere einzigen Gefährten waren Möwen und Raben. Wir kochten Schinken über einem Ginsterfeuer, und der angenehme Geruch, gemischt mit dem bitter-heißen Duft der weißen Asche, ist noch heute in meinen Nüstern. Langsam senkte sich die Nacht, und wir lagen da, das Zelt geöffnet, und schauten nach den Sternen. Damals, wenn nie zuvor und nie seither, schien es möglich, mit jenen längst verstorbenen Schläfern eins zu werden, deren Knochen Asche geworden waren wie die Asche unseres Feuers, und die unter den Grabsteinen von West Penwith verstreut lagen. Sie mußten, wie wir es getan hatten, ihre Speisen über einem Ginsterfeuer gekocht haben, sie lagen wach und beobachteten die Sterne. Sie allerdings, zum Unterschied von uns, mußten Wachen auf die Klippen stellen, um aufgeregt und verängstigt die vorstoßenden Schnäbel der nahenden Schiffe, Reihe nach Reihe, niedrig und schmal, vom Meer her herangleiten zu sehen. Bei Tagesanbruch erwachend, noch immer bei offenem Zelt, erblickte ich am fernen Horizont, auf der glasigen Ruhe des Meeres völlig regungslos ein vollgetakeltes Schiff. Wohin es fuhr, woher es kam, haben wir nie erfahren. Der Anblick war selbst damals selten, doch das Bild bot uns eine vollendete Schönheit, die nie mit der Zeit verblich noch aus dem Gedächtnis entschwand.

Später am Tag änderte sich das Wetter, und wir suchten Zuflucht vor einem Gewitter in Land's End, in einem Schuppen, dessen Blechdach klapperte und ratterte, als wäre es in der Gewalt von bösen Geistern. Meine Gefährtin, seit ihrer Kindheit Gewitter fürchtend, preßte die Hände an die Ohren und stöhnte. Das Pony, von der Deichsel unseres Wägelchens losgebunden, zitterte neben uns. Nur wenige Stunden waren seit der stillen Morgendämmerung vergangen, und ich dachte, wie der Sturm uns, wären wir in unserem Horst bei Cape Cornwall geblieben, unvermutet überfallen, das Zelt wie ein Taschentuch zerrissen, uns mitgeschleppt hätte, und das grasende Pony hätte sich vielleicht in seiner Angst losgerissen und wäre landeinwärts galoppiert oder, noch schlimmer, kopfüber ins Meer gesprungen. Nicht weiter erstaunlich, daß die Bewohner von West Penwith abergläubisch und ängstlich sind und sich und ihre Kinder gegen die Elemente, gegen den bösen Blick und gegen unbekannte Dinge schützen wollen.

In West-Cornwall ist die Bezeichnung für den Albdruck «hilla-ridden» zu sein oder den «stag» zu haben. Das erste bedeutet, daß ein Mensch seine Zeit in einer Qual peinigender Träume verbringt, das zweite, daß er ein atemraubendes Gewicht auf seiner Brust spürt. Eine Kur, wie auch eine Vorbeugung gegen geringere Übel, war, auf allen vieren durch den Ringstein von Mên-an-Tol zu kriechen oder, besser noch, sich in dem Wasser der Madron-Quelle zu waschen. Im letzten Frühjahr, anfangs März, machten mein Sohn und ich uns auf die Suche nach dem heilenden Wasser der Quelle. Keiner von uns litt an einem Ausschlag oder auch nur an einem Krampf, doch ich hatte von dem armen Krüppel John Trelilie gelesen, der sein ganzes Leben lang gezwungen war, auf den Händen zu kriechen, bis ihm im Jahre 1650 eine Kur gleichsam aufgezwungen wurde. Dreimal wurde ihm im Traum befohlen, sich in der Madron-Quelle zu waschen, er kroch hin, wusch sich, und nachher konnte er auf seinen Füßen gehn.

Die Quelle ist schwer zu finden. Obgleich auf der Landkarte verzeichnet, etwa eine Meile oberhalb von der Kirche von Madron, war der betreffende Weiser im März verrostet, verbogen und zeigte auf die Erde. Drei Felder wanderten wir ab und fanden kein Wasser, dann erblickten wir auf einem entfernten Hügel ein Gehöft und beschlossen, uns dort zu erkundigen, obgleich ich diese Forschungsmethode gering schätze. Eine junge Frau kam uns auf dem Karrenweg entgegen, vielleicht, um den Autobus zu erreichen, denn sie hüpfte auf hohen Absätzen und schwang eine Einkaufstasche. Wir erkundigten uns nach der Madron-Quelle, und sie wies lächelnd nach rechts auf ein dichtes Gesträuch in einem Tal zwischen abschüssigen Feldern, die durch elektrische Masten entstellt waren.

«Dort irgendwo ist sie», sagte die Frau. «Das wenigstens meint mein Mann. Er wollte mich einmal hinführen, aber der Boden ist so verschlammt. Ich wohne jetzt acht Jahre auf dem Hof und habe sie noch nie gesehen.»

Sie winkte uns zu und setzte den Weg zu der Straße fort, während wir, ohne auf Dornen und Brombeergebüsch zu achten, in das Dickicht eindrangen. Der Pfad war gewunden und feucht, der früher viel beschrittene Weg triefte von Schlamm und war von einem Gewirr von Zweigen überwachsen. Diese verschlungenen Zweige behinderten unser Vordringen, und lange Brombeeräste klammerten sich an unsere Schultern und wanden sich um unsere Brust, so daß wir tatsächlich «stag» empfanden. Irgendwo, ganz in der Nähe, und doch außerhalb unserer Reichweite, mußte die Quelle sein, zu diesem Ort mußte John Trelilie gekrochen, in diese Quelle mußten all die Frauen jahrhundertelang ihre Kinder nackt eingetaucht haben.

Wir fanden sie schließlich knapp neben dem häßlichen elektrischen Mast, in einer Lichtung, von Steinmauern umgeben. Das Wasser war dumpfig und reglos. Ich war nicht zufrieden. Das mußte die Taufkapelle sein, von der in späteren Büchern berichtet wird, wohin christliche Mütter mit unbewußten heidnischen Neigungen ihre Kinder zur Taufe brachten. Ich suchte aber die Zauberquelle selbst, die klar und niemals faulig aus dem Boden sprudeln sollte, aus unbekannten Tiefen der Erde aufsteigend. Ein Geriesel unter einem Stein, wenige Yard entfernt und dort, wo das Dickicht am dichtesten war, hob meine Stimmung. Doch mein skeptischerer Sohn erklärte, das stamme von einer Abzugsröhre. Dennoch hoben sich Blasen, ich brach einen Zweig ab und drehte ihn neunmal gegen die Sonne; und obgleich mein Sohn kein Kind mehr war, das man nackt ins Wasser tauchte, in etwas Warmes wickelte und über der Quelle einschlafen ließ, nicht ohne ein Stück seiner Kleidung als Votivgabe an einen Dorn zu hängen, sagte ich, nun wären die Geister besänftigt und wir beide gereinigt. Ein Fetzen war alles, was ich finden und über die Dornen breiten konnte, und als ich mich umwandte und ihn dort über der Quelle hängen ließ, dachte ich an den armen John Trelilie, der hier seine unbrauchbaren Glieder gebadet hatte.

Wir bahnten uns den Rückweg durch das Gestrüpp und in das Tal, und als wir zu der gefurchten Landstraße kamen, wo der Wagen wartete, sahen wir dort einen alten Mann, an seinen

Stock gelehnt, stehn. Ihm brauchte man nichts zu sagen; er wußte, wo wir gewesen waren.

«Jetzt kommt man nie mehr hierher», sagte er. «Alles ist vergessen. Die Leute hier herum sind Fremde.» Er wies mit dem Kopf auf eine Reihe von Siedlungshäusern an der Straße drei Felder weit entfernt. «Meistens aus Birmingham», fügte er hinzu.

Ich dachte an die junge Frau aus dem Bauernhaus, die ihre Schuhe nicht schmutzig machen wollte. Wir schwiegen. Was würde noch kommen? Der alte Mann blickte nach dem Tal und nach der verborgenen Quelle, dann seufzte er und schüttelte den Kopf.

«Die Leute von Cornwall sind alle fort, sie sind alle miteinander die Straße hinunter gegangen.»

Er wünschte uns einen guten Tag und entfernte sich, immer noch kopfschüttelnd und seufzend.

Als wir in den Wagen stiegen und davonfuhren, wiederholten wir leise die rhythmischen Worte: «Sie sind alle die Straße hinunter gegangen.» Und wir dachten an verwaiste Höfe und Bauernhäuser, an Cornwaller Auswanderer mit dem Pack auf dem Rücken, an düstere Väter und blaßäugige Mütter und schreiende kleine Kinder, die vom Bahnhof von Penzance nach irgendeiner unbekannten Bestimmung jenseits des Tamar reisten, ihre Häuser Fremden aus den Midlands überließen, die eifrig bereit sind, den Touristen Zimmer mit Frühstück anzubieten und, wenn der Winter kommt, in den Tanzlokalen von Camborne und Redruth Unterhaltung zu suchen.

Einst, wenn nicht zur Zeit des alten Mannes, so doch in der Erinnerung seines Großvaters und Urgroßvaters, gab es in West Penwith wildere Unterhaltung. Wer nicht «hilla-ridden» war oder unter dem «stag» litt, fuhr nach den entfernteren Dörfern, nach Sancreed oder nach Zennor an der Küste, um dort frischverheiratete Paare in ihrer Hochzeitsnacht zu überfallen und sie mit Stricken an das Bett zu binden, denn man glaubte, solche Behandlung würde ihnen Glück bringen und die Geburtenzahl erhöhen. Manche Brautkammer wurde zu diesem Zweck erobert, die Hochzeitsgäste waren mit Steinen bewaffnet, die in einem Strumpf versteckt waren, und das Geschlecht des Erstgeborenen würde davon abhängen, ob der erste Schlag den jungen Gatten oder die Gattin traf.

Keine rauhe Fröhlichkeit gab es mehr für jene, die die Straße hinunter gingen, kein Peitschenknallen, keine lärmenden Lieder, kein Eintauchen nackter Kinder in die Quellen, kein Kriechen über die Steine. Ein nüchternes Leben erwartete sie in Werkstätten oder in der Fabrik, und die Gaslampen der Städte hätten nicht die Lockung des Laternenlichts. Ihre Kinder, wie sich's gehört in Kirchen oder Kapellen getauft, würden nie den eiskalten Schock des Quellwassers kennenlernen noch die jähe Wärme der Sonne auf nackten Gliedern.

Die Straße hinunter, flüsterten wir, die Straße hinunter... und als wir von Madron nach Penzance hinabfuhren, umhüllte uns plötzlich ein Nebel und verbarg hinter uns das ganze West Penwith. Das Hochland war samt dem Schwung der gewölbten Küste verdunkelt, denn der Nebel, der feuchtkalt vom Meer ins Land rollte, verdrängte mit der Vergangenheit auch die Gegenwart, und alles war verloren. Der Einbruch des Nebels war traurig und symbolisch für eine schwindende Zeit, als wären das letzte Vorgebirge und das Kap des Gemetzels tabu und Fremden verschlossen.

An jenem Tag war es zu spät für weitere Entdeckungsfahrten, doch wir waren entschlossen, noch vor Ende der Woche zurückzukehren. Cornwalls fünftes «Hundred» barg noch andere Geheimnisse.

V.

Die Sage von Penrose

«Was von dem alten Herrenhaus Penrose in Sennen übrig bleibt, steht auf einem niedrigen, einsamen Gelände, am Ende eines engen Tales, durch das ein Mühlenbach sich mit vielen jähen Krümmungen etwa drei Meilen und dann bis zur Bucht von Penberth windet.»

Diese Worte aus einem alten Buch von «Geschichten am Herdfeuer» hatten sich in meinen Geist eingegraben, denn eine Landkarte von heute sagt nichts von einsamen Geländen oder gewundenen Bächen, und der rote Kreis, den ich um den Namen Penrose gezogen habe, mag, soviel mir bekannt, ein Wohnwagenlager an einem Bach bezeichnen.

Das ist das Schlimme, wenn man in der Gewesenheit forscht. Die Phantasie beschwört kahle Hügel und wilde Hänge herauf, Herrensitze mit hohen Schornsteinen, flankiert von Höfen, und landet man in der Gegenwart, so findet man Häuserreihen oder etwa eine Tankstelle, die den Hügel beherrscht, oder eine Schmugglerbucht birgt jetzt nur Strandzelte, und die Fundamente eines Hauses aus der Tudorzeit sind unter dem Stuck einer viktorianischen Villa oder einem modernen Bungalow verborgen.

«Wir können nur hinfahren und selber suchen», sagte mein Sohn fest. «Und wenn nichts übrig ist...»

Er zuckte gleichmütig die Achseln, und wir machten uns abermals mit Landkarten und Feldstechern auf den Weg zu jenem «Kap des Gemetzels», West Penwith. Während wir etwa fünfzig Meilen oder mehr über Land rollten, erzählte ich ihm die Geschichte in der gleichen Sprache, die mir im Gedächtnis geblieben war und wie sie zweifellos an Winterabenden in unzähligen Häusern vor dem Herdfeuer vergangener Zeit erzählt wurde, während der Regen an Scheiben peitschte.

«Vor langer, langer Zeit», begann ich, «etwa dreihundert Jahre mag es her sein oder noch länger, da lebte hier ein altes Geschlecht namens Penrose, das in dem Herrenhaus wohnte, dem es seinen Namen gab. Das war im Kirchspiel Sennen. Das Land ringsum war wild und kahl, dem salzigen Wind von der See ausgesetzt, und im Winter fraß der Regen den Weizen aus der Erde, und so wurde er fortgespült und unbrauchbar. Das einzige urbare Land lag an den geschützten Orten zwischen den Hügeln. Das Haupt der Familie in jenen Tagen war Ralph Penrose, der als junger Mann zur See gefahren war, und als er den Besitz seines Vaters erbte, blieb seine Liebe zur Seefahrt doch so stark, daß er sich ein Schiff baute und das wurde, was man einen Freibeuter nannte, oder wie wir heute sagen würden, ein Schmuggler. Ein Seeräuber, wie es sie auch gab, war er nie, er plünderte nie die Armen, sondern er segelte mit seiner ergebenen Mannschaft, zumeist aus armen Verwandten bestehend, die keinen andern Verdienst fanden, nach Frankreich, brachte Waren von dort nach Sennen und verteilte sie unter den Nachbarn und seinen eigenen Dienstleuten. Er trieb dieses Geschäft aus Liebe zum Spiel, wie es auch sein Vetter William tat, der kein geringerer Abenteurer war.

Eines Herbstes traf Ralph ein harter Kummer, als seine Frau an einem Fieber starb, und von da an war es, als hätte er eine Abneigung gegen das Land gefaßt, mehr als je fuhr er zur See, und seinen einzigen Sohn, einen Knaben von sieben Jahren nahm er mit. Selbst im Winter tat er das, und die Bewirtschaftung des Gutes überließ er seinem jüngeren Bruder John. Eines Winterabends, vor Jahreswende, segelte Ralph Penrose von Frankreich heimwärts, das Schiff war voll beladen, die Mannschaft in bester Stimmung, und sein Vetter William und sein Sohn waren auch an Bord, als plötzlich, einige Meilen südlich von Land's End ein Sturm aufkam und das Schiff gegen die gefürchteten Klippen von Cowloe trieb, wo es scheiterte. Er und seine Leute kämpften gegen die furchtbaren Wogen, setzten ein Boot aus, das aber umschlug, und Ralph, sein Sohn, sein Vetter und die Mannschaft fielen ins Wasser. Lichtzeichen von dem sinkenden Schiff hatten die Hausbewohner verständigt, und John Penrose kam in die Bucht von Sennen hinunter. Da stand er in Nacht und Sturm, er hörte die Schreie der um ihr Leben kämpfenden Männer und, wie später gemunkelt wurde, tat nichts für sie, sondern ließ sie ertrinken. Ralph, William, die ganze Mannschaft war verloren. Der Einzige, der unversehrt das Ufer erreichte, war sein Neffe, der Erbe, der Knabe von sieben Jahren.

Nach dieser traurigen Nacht änderte sich das Leben in Penrose. John ernannte sich selber zum Vormund seines Neffen und benahm sich, als gehörte das Gut ihn. Die alten, ruhigen Lebensformen waren zu Ende, und Lärm und Ausschweifung traten an ihre Stelle. Die Fischer in Sennen waren in Angst um die Sicherheit ihrer Frauen und Töchter, die sich nicht vor die Türe trauten, wenn John Penrose draußen war. Er selber fürchtete die See, und so baute er ein Schiff, das viel größer und stärker war als das seines Bruders und bemannte es mit einem Kapitän und einer Mannschaft, deren schlechter Ruf noch den seinen in Schatten stellte, so daß von jetzt an der Name Penrose nichts mehr mit Freibeuterei zu tun hatte, sondern zu einem Seeräubernamen wurde. An Winterabenden, wenn die Bösewichter die See scheuten, lud John Penrose den Kapitän und seine Mannschaft zu Trinkgelagen in sein Haus, und dann wurde gebrüllt und gelacht, und die Fackeln und die Laternen leuchteten, wenn die besoffenen Kumpane im Hof umhertaumelten und in Gängen und Hallen stolperten.

Eines Winters fiel Schnee über Sennen, und das Gerücht verbreitete sich, es wären Wölfe auf den Weiden oberhalb von Penrose gesichtet worden. Halbtoll vor Erregung und Trinken befahl John Penrose seinen Dienstleuten, den Wölfen nachzuspüren, während er und sein Spießgeselle, der Kapitän des

Piratenschiffs, im Haus blieben, eine Flasche Branntwein zwischen sich auf dem Tisch.

Als die Dienstleute zurückkehrten, riefen sie ihren jungen Herrn, den Erben, um ihm zu erzählen, daß die Wölfe verschwunden seien, doch der Knabe war nirgends zu erblicken, weder im Haus noch draußen. Sein Onkel und der Kapitän, zu betrunken, um auf Fragen antworten zu können, knurrten, der Junge habe sich den Jägern anschließen wollen und werde bald wieder da sein. Nochmals ging der Verwalter mit den Dienstleuten in die Nacht hinaus, über die Felder zu den Klippen, ja, bis zur Bucht von Sennen hinunter, wohin der Waisenknabe so oft in Gedanken an den Tod seines Vaters gewandert war. Sie fanden aber keine Spur von ihm, weder in dieser Nacht, noch beim Morgenlicht, noch in den kommenden Tagen. Man nahm an, der junge Penrose, vielleicht vom Schneetreiben geblendet, werde den Weg verfehlt haben, von einer Klippe ins Meer gefallen und zwischen den Felsen ertrunken sein wie vor ihm sein Vater. Die Dienstleute trauerten um ihn, doch John Penrose, jetzt endlich unbeschränkter Gebieter, gab sich noch schlimmeren Ausschweifungen hin als vorher, er warf das Geld rücksichtslos hinaus, verspielte sein Erbteil und führte seine Bande von Strolchen über Land, wo er allen seinen Nachbarn einen tödlichen Schrecken einjagte. Eines war seltsam. In ihm entstand eine Abneigung gegen den Kapitän seines Schiffs, der, ohne irgendwem eine Erklärung zu geben, seinen Dienst kündigte und die Gegend verließ.

Im folgenden Winter, am Jahrestag von des Knaben Verschwinden, zwischen Weihnachten und Neujahr, zechte John Penrose mit seinen Kumpanen, als ein Fremder in den Hof kam, an die Türe klopfte und Gastfreundschaft erbat. Der Verwalter ließ ihn ein, denn um diese Zeit erbaten häufig Wanderer ein schützendes Dach, und sein Herr, schon schwer berauscht, ordnete an, der Gast solle in das Zimmer des toten Bruders im alten Flügel des Hauses geführt werden. Ein Feuer wurde im Herd angezündet und geschürt, und der Verwalter brachte Speisen und Getränke, doch als er sie dem Gast vorsetzte, gab er kopfschüttelnd zu, es seien böse Tage über das Haus hereingebrochen. Seltsame Dinge seien gesehen und gehört worden wie nie zuvor, und das alles, seit der junge Erbe vor zwölf Monaten verschwunden war. Der Fremde lauschte in der Stille, wenn man es Stille nennen konnte, denn selbst bis in den alten Flügel drang der Lärm des Gelages in der Halle unten.

Der Verwalter wünschte dem Gast eine gute Nacht und ging. Der Fremde öffnete das Fenster, das auf den Seitenhof blickte, und beobachtete die Zecher, die das neue Jahr feierten, Efeu pflückten und ihn auf sich und die Pflastersteine streuten und brüllten, daß einige von ihnen verheiratet sein würden, bevor das Jahr um wäre. Plötzlich schrie einer verängstigt laut auf und wies auf die weißen Nebelschwaden, die vom Meer her auf das Haus zurollten. Alle miteinander hasteten in das Haus zurück, schlugen das Tor zu, und Musik und Lärm verstummten. Der Fremde wartete und blickte auf den heranrollenden Nebel.»

Da unterbrach mich mein Sohn.

«Jetzt erfindest du», sagte er.

«Nein. Wirklich nicht!»

«Das mußt du erfunden haben.» Er ließ es sich nicht ausreden. «Du erzählst vom Nebel, weil er uns unlängst erwischte, als wir die Madron-Quelle verließen.»

«Nein», wiederholte ich. «Es ist ein zufälliges Zusammentreffen. Der Nebel gehört zu der alten Geschichte.»

Ungläubig knurrte er: «Na schön. Erzähl nur weiter.»

«Zuerst kam der Nebel», fuhr ich fort, «und dann aus der selben Richtung ein Geräusch wie das Dröhnen des Meeres, doch das Meer war eine Meile oder mehr entfernt, und das Herrenhaus Penrose stand am Ende des Tales zwischen den Hügeln. Das Rauschen des Sturmes näherte sich, das Aufprallen der

Brecher an der Küste, das Knarren von Rudern in den Dollen, das Splittern von Holz, und im Nu stürzten die Wogen in den Hof hinein, trugen auf ihren Kämmen ein Rettungsboot, gefüllt mit schreienden Männern, die in ihrer Angst riefen: «Rettet uns... rettet uns...!» Jetzt war das Meer rund um das Haus, schäumend und grün, und das Boot kenterte mit einem Mal, warf seine Bemannung ins Wasser, die mit bleichen Gesichtern auf ihre Rettung bedacht war, und sank; doch ein Mann, der sich länger über Wasser hielt als seine Gefährten, schaute zu dem Fenster hinauf, wo der Fremde stand, und rief: «William Penrose, erhebe dich und räche den Mord von deines Vetters Sohn!» Dann war alles still. Es gab keinen Sturm mehr, keine Wogen, kein Angstgeschrei ertrinkender Männer. Der Hof war gepflastert wie eh und je, und darauf lag der Efeu, den die Zecher hingeworfen hatten. Der Nebel löste sich auf.

Der Fremde, William Penrose, denn das war er in Wahrheit, er, der Vetter, den alle Leute in Sennen für ertrunken hielten, strich sich mit der Hand über die Augen. Die Erinnerung an jene furchtbare Nacht kehrte wieder. Wie er sich ans Ufer geschleppt, wie er, ein Landstreicher, durch die Gegend gewandert war, keinem Menschen bekannt, und wie er schließlich ein Schiff nach einem fernen Land bestiegen hatte, bis ein seltsamer Instinkt in seinem Innern ihn veranlaßte, sein Heim aufzusuchen, was er dann an jenem Abend getan hatte.

Die Worte tönten in seinen Ohren: «Räche den Mord von deines Vetters Sohn!» Er warf sich auf sein Bett, um zu schlafen, und im Schlaf glaubte er die Stimme des Knaben zu hören, der ihm ins Ohr flüsterte: «Mein Onkel hat den Kapitän aufgefordert, mich zu töten. Ich liege unter dem verdorrten Baum im Obstgarten. Grabe und gib mir endlich Frieden!»

Als der Morgen graute, wurde William Penrose wach und suchte den braven Verwalter in dessen Wohnung auf. Er gab sich ihm zu erkennen, ließ sich aber von dem Mann Verschwiegenheit schwören. Von den furchtbaren Enthüllungen der Nacht sagte er nichts, denn er wollte zunächst, wenn möglich, den Kapitän ausfindig machen, der den Knaben, den Sohn des Vetters, ermordet hatte. Er spürte ihm nach und entdeckte ihn nach einigen Tagen in Plymouth, wo der Verruchte, zu keinem Seeraub, keiner Verschwörung mehr fähig, von Gewissensbissen und der Angst vor Entdeckung gemartert, sterbend in einer Pension lag. Befragt, gestand er alles und gab zu, daß er den Knaben nicht nur des Geldes wegen ermordet, sondern weil er, als junger Mann, die Mutter des Kindes geliebt hatte. Und als sie Ralph heiratete, war der Teufel in sein Herz gefahren.

Auf dem Bett, in der Pension, starb der Kapitän, und William kehrte in das Haus seines Vetters zurück. Der Hausherr war abwesend, denn seit der Nacht der Schwelgerei am Weihnachtsabend sei, wie der Verwalter erzählte, John Penrose der Schwermut verfallen, wollte weder vom Trinken noch von seinen Kumpanen hören, und man hatte seither nicht gesehen, daß er gelächelt oder auch nur den Kopf gehoben hätte. William und der Verwalter gingen zusammen in den Obstgarten. Ein Baum stand nackt und bloß zwischen den andern, die Zweige entblättert, und wies nach dem Himmel. Sie gruben darunter. Langsam, vorsichtig hoben sie die verkrümmten Überreste des einst so reizenden Knaben, dessen Kleider von Blut und Schlamm befleckt waren. Sie brachten ihn nachts nach dem Friedhof von Sennen und betteten ihn dort, wie er es verlangt hatte, zu christlicher Ruhe, sagten aber, mit Rücksicht auf den einst geehrten Namen der Familie, weder im Haus noch im Dorf etwas davon.

Als sie nach Penrose zurückkehrten, entdeckten sie, daß die Türe des Malzhauses unterhalb des Herrenhauses weit offen stand; sie traten ein und sahen, daß von einem Balken etwas hin und her schwang. Es war die Leiche von John Penrose. Er hatte sich in Sichtweite des verdorrten Baumes erhängt.»

Mein Sohn, auf den Verkehr durch die Stadt Truro bedacht, mußte vor einem roten Licht haltmachen.

«Und das ist das Ende?» fragte er.

«Für diesen Zweig der Familie – ja», erwiderte ich. «William fand das Haus noch immer unheimlich, und so verzichtete er auf seine Erbrechte und ging für immer fort. Ins Heilige Land, wie die Leute sagen. Auf dem Besitz lag eine Hypothek, und so wurde es an einen gewissen Jones verkauft, der selber als Nebengeschäft ein wenig schmuggelte. Doch er oder seine Nachkommen rissen den größten Teil des Herrenhauses ab, und gemäß der 'Gemeindegeschichte von Cornwall' ist es jetzt ein Bauernhof.»

«Aus welchem Jahr stammt diese 'Gemeindegeschichte'?»

Ich überlegte sekundenlang.

«Etwa 1872.»

Mein Sohn lächelte, und wir fuhren in der Richtung von Redruth und Camborne, um dort den Fluß Hayle zu überqueren und nach West Penwith zu gelangen. Ich wußte, woran er dachte: Die Entdeckung in einer Bibliothek kann zu einer Enttäuschung führen. Doch dieses Risiko einzugehn, lohnt sich immer, und das Gelände wenigstens kann sich nicht ändern, nicht die Konturen der Hügel, nicht der Verlauf des Tales. Während wir fuhren, dachte ich stumm darüber nach, wie ein Mythus sich zu einer Geschichte verweben kann, einen Faden hier, einen Faden dort leihend, und das Ergebnis ist nie endgültig, denn immer kann eine neue Hand Freude daran finden, andere Muster einzuweben. Irgendwo in der Geschichte der Penrose mußte ein Korn Wahrheit sein. Zwei Brüder, der ältere ertrunken, ein armes Kind, das zwischen dem jüngern Bruder und der Erbschaft steht; das waren die Elemente der Geschichte, wenn man sie von aller Stickerei entblößte.

Wir kamen in das Dorf Sennen, füllten unsern Tank und erkundigten uns nach dem Gehöft von Penrose. Man empfahl uns, eine Straße ins Land, nach dem Tal einzuschlagen, wo ein Gatter uns die Straße zum Bauernhof öffnen würde. Die Landschaft war nicht mehr so wild und wüst, wie das alte Buch sie geschildert hatte, aber nichtsdestoweniger wehte ein heftiger Wind. Und als wir uns dem Tal näherten, wuchs unsere Erregung. Wir fanden das Gatter, und fuhren über einen Karrenweg, doch noch immer war kein Gebäude in Sicht. Zu unserer Rechten war eine Böschung, und dahinter wand sich durch tiefgelegene Felder der Bach. Als wir durch eine Kurve und dann hügelaufwärts fuhren, sahen wir, wie sich in einiger Entfernung die Gebäude eines Bauernhofs gegen den Himmel abzeichneten.

Wir hatten Penrose gefunden. Wir holperten unsern Weg weiter und blieben auf dem Kamm des Hügels in unmittelbarer Nähe des Gehöfts stehn. Kuhställe, Speicher darüber, lagen zu unserer Rechten, und uns gegenüber, beiderseits von alten Steinmauern umschlossen, von denen eine kleine viereckige Schlupfwinkel für die Tauben enthielt, die früher hier genistet hatten, erhob sich das Haus selbst. Das Dach war mit Schiefer gedeckt, die Mauern waren Granit, die Schornsteine schmal und viereckig. Ein Abbild zahlreicher Bauernhäuser in Cornwall aus unbestimmten Zeiten, nach aller Wahrscheinlichkeit aus der Zeit Georgs V. Jetzt gab es keine gepflasterten Höfe, keine geräumigen Hallen; keine Schlafzimmer, darin es spukte, verbargen sich in den obern Stockwerken. Solid, bequem, wohlgehalten, auf dem Dach eine Antenne.

Wir stiegen aus dem Wagen, und gerade da trat ein Mann aus einem der Gebäude zu unserer Rechten. Der Besitzer des Hofes in eigener Person. Ich entschuldigte mich wegen unseres Eindringens und sagte ihm kurz, was uns beschäftigte.

«Ja», erwiderte er, «die Familie Penrose soll einmal hier gewohnt haben. Doch seit mehr als siebzig Jahren gehört es meiner Familie.»

Ich murmelte etwas von drei- oder vierhundert Jahren vor der Geburt seines Vaters, von einer alten Geschichte von Mord und Elend. Seine Augen zeigten Interesse.

«Das habe ich auch gehört», meinte er. «Mein Sohn hat es in der Schule aufgepickt. In irgendeinem Buch, sagen Sie? Das mag sein.»

Er ließ uns über das Gelände wandern. Meine Blicke suchten nach dem Malzhaus mit der offenen Türe, doch da gab es kein Malzhaus. Dann wandten sie sich wieder dem festen Granithaus zu und dem sauber gepflegten Rasen unter den Fenstern. Der ummauerte Hof, darin die Zecher Efeu gestreut hatten, war jetzt der Tummelplatz scharrender Hühner. War es hier, wo das Meer mit den Ertrinkenden eingedrungen war? Irgendwo hinter der Fassade des Bauernhauses ahnte ich ein mittelalterliches Gebäude mit einer großen Halle in der Mitte und einem Holzfeuer im Herd. Davor saß John Penrose, der Besitzer, mit dem Piratenkapitän, die Branntweinflasche zwischen ihnen, und in einem Nebenraum wartete ein verängstigter Waisenknabe.

«Der Obstgarten», flüsterte mein Sohn, «frag nach dem Obstgarten!»

«Ach, richtig», ich folgte dem Bauern, «hat es hier je einen Obstgarten gegeben?»

Er wandte sich um und wies nach dem Tal, aus dem wir gekommen waren.

«Dort war einmal ein Obstgarten», sagte er. «Dort unten, neben dem Bach. Davon ist heute nichts mehr übrig geblieben.»

Wir dankten ihm für seine Zuvorkommenheit, und da wir nicht länger stören wollten, stiegen wir wieder in den Wagen und fuhren hügelabwärts zu der Böschung. Einmal außer Sichtweite des Gehöfts machten wir halt und kletterten die Böschung hinunter, um auf die sumpfigen Wiesen zu schauen, wo vor langer Zeit der Obstgarten geblüht hatte. Am Bach graste kein

Vieh. Es war ein verlassener Ort. Ein einziger, einsamer Baum, kein Überbleibsel des Obstgartens, sondern eine Ulme oder eine Eiche stand mitten im Feld und breitete lange Zweige gegen den Himmel. Wir schauten einander an und nickten. Unser Bedürfnis nach Mythus und Sage war befriedigt.

«Und wenn wir Spaten nähmen und anfingen zu graben?»

«Um drei Jahrhunderte zu spät.»

Während wir da in der Senkung kauerten, glaubte ich das Meer rauschen zu hören, doch Sennen und die Klippen waren beinahe zwei Meilen entfernt. Es mußte der Wind gewesen sein. Wir standen auf, kletterten wieder auf den Karrenweg, warfen noch einen letzten Blick westwärts nach Penrose auf dem Hügel. Wolken, die noch vor Einbruch des Abends Regen voraussagten, ballten sich vor der Sonne, und die Luft, die uns umwehte, schmeckte seltsam salzig.

VI.

Die «Hohe Küste» und der «Lizard»

Kirrier, die «Hohe Küste», bildet den südlichen Griff der Klaue, deren Nägel bei Lizard Point in den Kanal stechen, während über die Bucht hinweg, in West Penwith, Gwennap Head sich in den Atlantischen Ozean bohrt. Die beiden Bezirke Penwith und Kirrier sind selber beinahe Halbinseln, das Meer bespült sie an beiden Seiten, und aus diesem Grund sind beide die Jahrhunderte hindurch wegen ihrer Schiffbrüche berüchtigt gewesen. In früheren Zeiten konnte ein Schiff unter Segel bei einem plötzlichen Sturm einige Meilen vom Land entfernt, kaum hoffen, eine oder die andere zupackende Klaue zu vermeiden; und wenn die Felsen von Lizard oder Land's End ihm nicht das Rückgrat brachen, so wurde es in den offenen Rachen von Mount's Bay getrieben, dem Tanzplatz für alle Südweststürme, wenn es ihm nicht gelang, Penzance zu erreichen und dort Schutz zu finden.

Die «Hohe Küste» beginnt vor Trewavas Head, und beinahe unmittelbar an der Öffnung der geschwungenen Bucht liegen die Megiliggarfelsen, die früher manches Schiff vernichteten, während an den Klippen von Methleigh die Gräber der vom Meer ans Land gespülten Leichen sind. Erst im Jahr 1830 brachte Mr. Davies Gilbert, Abgeordneter für Bodmin, im Parlament den Antrag durch, daß die Beerdigung vom Meer angespülter Leichen in geweihtem Boden des nächsten Kirchhofs stattfinden solle. Die Kosten seien von der Grafschaft zu tragen. Bis dahin wurde, wer immer auch der Ertrunkene war, seine Leiche im nächsten Graben oder Feld beerdigt oder auch ins Meer zurückgeworfen, um eine andere Ruhestatt längs der Küste zu suchen. Manchmal wurde eine Leiche «gesandet», wie man das nannte, das heißt, sie sank in den feuchten Sand ein und war zur Zeit der Flut verschwunden. Die Abergläubischen an der Küste erklärten dann, sie hätten nachts «Leichenlichter» flakkern gesehen, damit die Stelle gekennzeichnet würde, oder sie hörten, was man den «Ruf des Toten» nannte, die Stimmen der ertrunkenen Seeleute, die ihre Namen riefen. Ein Großteil der Furcht vor dem Schiffbruch rührte daher, daß einem vielleicht das christliche Begräbnis verweigert würde, und daß aus diesem Grund der Geist eines Seemanns dauernd und ruhelos die Stätte seines Todes heimsuchen mußte. Die gleiche Furcht bedrückte auch die Verwandten an der Küste. Ein ertrunkener Vater, Bruder, Sohn wurde zu einer allnächtlichen Bedrohung, denn er plagte die Umwelt beständig mit Vorwürfen und wurde aus dem geliebten Verwandten zu einem Schreckgespenst. Hier ist wieder ein sehr alter Mythus am Werk, der Glaube primitiver Völker, daß man Angst vor den Toten haben müsse, wenn ihre Knochen nicht, wie es sich gehörte, verbrannt oder begraben worden waren.

Als die Reformation einsetzte und über den Leichen der Toten oder für die Seelen der Verschwundenen keine Messen mehr gelesen wurden, fühlte das Volk von Cornwall sich einer Tröstung beraubt; häufig, wie das nun einmal bei Fischern unvermeidlich ist, vom Tod durch Ertrinken bedroht, empfanden sie die Angst vor so einem Ende um so stärker, als es für sie dann anscheinend keine Absolution mehr gab. Der Instinkt machte sie dem Aberglauben zugänglich; die alten heidnischen Wünsche wuchsen wieder in ihnen. Sie sahen die Gutsherren, Männer, die sie bisher geachtet hatten, ihrer Besitzungen beraubt und eingekerkert, und das war für die ärmeren Leute verwirrend, denn es weckte die Vorstellung, jegliche Autorität sei jetzt über den Haufen geworfen. So kam es, daß sie begannen, wenig Rücksicht auf den Besitz anderer oder das Eigentum Fremder zu nehmen. Waren die Zeiten schlecht und die Winter hart, so war ein an die Küste geworfenes Schiff ebenso gut wie eine Ernte, und die Fracht konnte eingebracht werden. Daher hat der berüchtigte «Strandraub» – häufig übertrieben, aber im Wesen doch geübt – den Küsten von Cornwall in der Geschichte einen schlechten Ruf verschafft.

Die zerrissenen Felsen von West Penwith und Kirrier waren nur sehr dünn bevölkert, die kleinen Fischerdörfer nur wenig mehr als Gehöfte, die sich oberhalb der Fluthöhe in die Buchten kauerten; sie waren fern von Gesetz und Ordnung, die im Inland herrschten. Im Winter vom Wetter abhängig, auf gesalzenen Fisch angewiesen, sahen die Bewohner nichts Böses daran, ein gekentertes Schiff zu plündern, wenn die Ladung ihnen die Bäuche füllte oder sie mit Kleidung versorgen konnte. Tote konnten nichts erzählen, und ein ertrinkender Mann war ebenso gut wie ein Toter, zumal wenn er ein Fremder war; doch das katholische Gewissen suchte Erleichterung in den Sagen von Gespenstern und ruhelosen Geistern.

Heute und schon seit einigen Jahren braucht Lizard Point weder für hilferufende Seeleute noch für Gespenster die Verantwortung zu tragen. Ein Leuchtturm empfiehlt allen vorüberfahrenden Schiffen, sich in sicherer Entfernung von dem noch immer bedrohlichen Gestade zu halten. Die Felsen, die unterhalb von Lizard Point aus dem Meer aufragen, wirken zerfetzter, gefahrvoller als jene drüben in Land's End. Sie ziehen sich in einer schmalen, schwarzen Linie hin oder wölben sich zu Walfischrücken, und selbst bei völliger Stille, wenn die ruhige See ihre Flanken zärtlich umspült, sind sie gefahrdrohend mit den unheilvollen, schwarzen, scharfen Zähnen, die dann unverhüllt blecken.

Die rechte Zeit, um das Vorgebirge von Lizard zu durchwandern, ist im Winter oder im Vorfrühling, wenn die Kaffeehäuser geschlossen sind und die Bungalows noch nicht für die kommende Saison frisch angestrichen wurden. Walter White, unser Londoner, der im Jahre 1854 zwischen den Felsen umherkletterte, fand das Dorf Lizard «ein armseliges, in alle Winde zerstreutes Dorf, mit einer einzigen, kürzlich zur Unterhaltung von Gästen gebauten Schenke», und sie scheint er gemieden und seine Erfrischungen lieber in «einem kleinen Wohnhaus gegenüber dem Meer» gekauft zu haben. Er war von Cadgwith die Küste entlang gewandert, wo eine Bö – und das im Sommer! – auf ihn einstürmte, die ihn beinahe in den Abgrund, bekannt als «des Teufels Bratpfanne», geschleudert hätte. Cornwall, bemerkte er, scheint den Besuchen des Bösen ausgesetzt zu sein. Die Landschaft war überall öde, gefährlich, und ihn überkam ein schmerzliches Gefühl der Einsamkeit. Dem Franzosen Alphonse Esquiros erging es zehn Jahre später nicht besser. Ein jäher Sturm überraschte ihn, Blitze zuckten, der Donner rollte, und er mußte mit einer Herde erschrokkener Schafe Schutz suchen und zwischen ungeheuren Steinblöcken kauern.

Diese beiden Wanderer wie auch der Romanschriftsteller Wilkie Collins, der sich ungefähr zur gleichen Zeit in der Gegend aufhielt, wurden von einer Geschichte von Schiffbruch und Tod geplagt, die mit der Pistol Meadow genannten Stelle zusammenhing. Diese schauerliche, an einem Hochsommertag der Touristensaison nur schwer zu fassende Geschichte, läßt sich an einem Spätnachmittag im Februar oder noch besser im Dezember unschwer glaubhaft machen, wenn das Meer in düsterem Grau die Felsen peitscht und die Klippenpfade von den Winterregen verschlammt sind.

Um die Mitte des achtzehnten Jahrhunderts erlitt ein Transportschiff an einer Klippe von Lizard Point Schiffbruch, und etwa zweihundert Leichen wurden in der felsigen Bucht unterhalb der westlichen Klippe an Land gespült. Bei Ebbe fanden die Leute von Lizard die Leichen in Felsspalten von Seetang bedeckt, halb verborgen unter den Steinen und verstreut unweit der Klippe, wo das Schiff mit einer großen Ladung von

Feuerwaffen, hauptsächlich Pistolen, untergegangen war. Oberhalb der Bucht senkte sich eine magere Wiese, kaum zu anderem als zum Grasen geeignet, zu den Felsen, und hier schaufelten die Leute Gruben, darein sie die toten Soldaten werfen wollten. Sie mußten die Leichen, eine nach der andern den steilen Pfad von der Bucht hinauftragen. Die Mühe war groß und nahm mehrere Tage in Anspruch, und zum Entsetzen der Leute, welche die Gruben aushoben und die Leichen trugen, fanden sie den Strand von ganzen Rudeln hungriger Hunde bevölkert, anscheinend nicht nur aus der eigenen Nachbarschaft, sondern von ferneren Gegenden, und alle wollten sich an den Ertrunkenen sättigen. Doch schließlich blieb keine einzige Leiche auf dem Strand; sämtliche armen Soldaten lagen in den Massengräbern oben, und seither hieß der Ort immer Pistol Meadow.

Noch nach Monaten und Jahren sollen die Leute von Lizard die Gemeinschaft mit Hunden gescheut haben. Sie verjagten sie aus dem Distrikt, und auf mehrere Meilen gab es keine Siedlung, die einen Hund halten wollte. Diese Erscheinung machte auf Wilkie Collins besondern Eindruck. Er wanderte von einem Gehöft zum andern und hörte nie Hundegebell; nie streckte sich ein Hund an seiner Kette vor der Küchentüre, noch zogen junge Hunde an ihren Schnüren. Daß es auf dem Vorgebirge von Lizard und in dem benachbarten Gebiet an Hunden fehlte, bekräftigte das ganze Grauen der Geschichte in all ihrer Scheußlichkeit.

Als ich den Schauplatz etwa hundert Jahre oder mehr nach Wilkie Collins besuchte, sah ich mich unbehaglich nach einem gierigen Köter um, der nach den Felsen sprang und von den Dorfbuben mit Steinen beworfen wurde, doch alles war friedlich. Neben dem Leuchtturm malte ein Mann das Innere eines Kaffeehauses, das auf Pistol Cove, westlich vom Point gerichtet war, doch die Wiese war schwieriger zu erkennen, denn der Felsweg oberhalb der Bucht war der Sicherheit halber mit Draht gezäunt, weil es erst vor kurzem einen Erdrutsch gegeben hatte, und dann wand sich der Pfad nach links zu dem Vorgebirge und zu einer Aussichtsstelle dahinter. Hier war keine Wiese mit süßduftenden wilden Blumen und Gras, das friedlich über den Hügel der Toten wehte, wie Wilkie Collins es geschildert hat. Der rauhe Boden senkt sich unmittelbar zu der Klippe, von einem Bach unterbrochen, und die Hügel, über die ich stieg, waren natürliche Erhebungen, daraus Ginster wuchs bis... konnte das die Stelle sein?

Eine kleine Einfriedung mit bis auf den Stumpf abgehauenen Weiden besetzt, die der herrschende Wind grotesk verkrümmt hatte, die Erde uneben und ungepflegt. Die ganze Einfriedung würde, bearbeitet, nicht mehr als fünfzehn bis zwanzig Quadratfuß bedeckt haben. Manche Versionen der Geschichte sprachen von Gräbern, andere von Gruben. Gruben oder ein einziger langer Graben mochten wahrscheinlicher sein. Vielleicht wuchsen, wie Wilkie Collins sagt, hier einst wilde Blumen, und zu seiner Zeit, bevor die knorrigen Weiden gewachsen waren, mochte der Hügel über der Grube noch sichtbar gewesen sein, während er jetzt, nach einem Jahrhundert von Winterregen, eingesunken war. Es war friedlich hier, ungestört und für schlummernde Soldaten geeigneter als manche andere Ruhestatt.

Als ich den Ort betrachtete und dann nach der See blickte, wanderten meine Gedanken etwa fünfunddreißig Jahre oder mehr zurück zu der Nacht, die ich im Hotel von Lizard verbracht hatte, vielleicht jener «einzigen Schenke», die der Londoner White erwähnt, und wie ich wegen des Strahls nicht schlafen konnte, der jede Minute vom Leuchtturm her mein Fenster streifte. Eins, drei, fünf, es war als käme jeden zweiten Augenblick jemand mit einer zum Wahnsinn treibenden Beharrlichkeit in das Zimmer, überflutete es mit Licht, um es gleich wieder abzudrehen, während im Verlauf der Nacht das Wetter sich verschlechterte und das Nebelhorn heulte. Vor zweihundert Jahren gab es keine Strahlen und keine Warnungen, und alles, was die Soldaten hörten, war das Dröhnen des Meeres, das sich am Riff brach, und sie hockten auf dem Verdeck und warteten auf den ersten Krach, wenn das Schiff barst.

Einen andern Sprung durch die Zeit machte mein Gedächtnis zu dem Sommer, als ich mich mit zehn Jahren von den Masern erholte und etwa drei Meilen von Lizard Point untergebracht war. Damals lehrte ich mich auf dem Strand von Kennack schwimmen. Oder vielmehr in einem Teich zwischen den Felsen, einem geheimnisvollen, seichten Tümpel, aber tief genug, um bis zu den Hüften eines Kindes zu reichen. Das Wasser war immer still, warm und einladend, während draußen am Strand die Wellen hoch gingen, allzu tumultuös für meinen Geschmack und eiskalt. Meine ältere Schwester und meine Tante hüpften in ihnen auf und ab, ließen sich entzückt vom Schaum besprühen; auf mich aber wirkte selbst damals das Meer grausam und gierig nach Opfern. Ich wollte nichts damit zu tun haben. Der Teich war schon das Beste.

Es war auch nicht klug, sehr weit zu wandern, denn ein kleiner Junge, so erzählte man uns, sei eines Tages verschwunden und nie mehr zurückgekehrt. Der Treibsand hatte ihn verschluckt. Nicht hier in Kennack, beruhigten meine Mutter und meine Tante uns hastig, aber irgendwo anders in Cornwall, meilenweit entfernt. Wir glaubten ihnen nicht. Treibsand war golden, schöner als der andere Sand, daher die furchtbare Lokkung für den Wanderer. Ein Kind konnte barfuß, unbehindert darüber zum Meer laufen, doch plötzlich sank ein Fuß ein, dann der andere, dann ging es bis zu den Knien, den Schenkeln, der Brust, und rund um es begann der goldene Sand zu zittern. Der Vater des Knaben war ein Verleger namens Grant Richards gewesen. Sein Haus war auf die Felsen, gar nicht weit entfernt, gebaut inmitten eines wilden, vielverschlungenen Gartens, und

Haus und Garten waren ungepflegt. Aus Gram über den Tod seines Sohnes wohnte der Verleger nicht mehr hier.

Eine schreckliche Neugier reizte uns, das zu erkunden, wir drei preßten unsere Nasen an die Fensterscheiben. Doch es war nichts zu sehen; aber ich wußte, daß er nicht weit war, der laufende Knabe, barbeinig, in kurzen Hosen, ein Muschelnetz über der Schulter, und er lief, er lief auf den goldenen Sand zu.

Die Vergangenheit drängte sich in die Gegenwart, und ich war wieder auf dem rauhen Gras von Pistol Meadow. Irgendwie füllte sich der ganze Lizard Point und die benachbarten Klippen und Buchten für meinen Geschmack allzu sehr mit Gespenstern. Ich rief meinen Sohn, und wir kletterten zum Parkplatz zurück, kauften gierig Eistüten und fuhren rasch und beklommen die Hauptstraße entlang wieder nach dem Westen. Ich wollte ihm den weißeren, festeren Küstenstrich zeigen, goldener noch als der Treibsand, auf den Grant Richards' Sohn vor einem halben Jahrhundert gelaufen war; nein, jenen andern Sand, der nicht durch seinen schlechten Ruf berüchtigt ist, sondern nur als reinste Schönheit, um den Wanderer zu bezaubern, zwischen Teich und Meer liegt.

Es heißt die Looe Bar. Vom Osten her ist der Zugang ein schmaler, steil abfallender Karrenweg, für Autos, dem Himmel sei Dank, unbefahrbar. Der Besucher muß gehn und wird für seine Mühe durch das plötzliche Erscheinen des Meeres zu seiner Linken belohnt, durch den weiten Schwung der Bucht, und zu seiner Rechten die dunkleren, stilleren Wasser eines breiten Inlandsees. Die hohe Sanddüne bildet eine Brücke zwischen den beiden, und wenn der Tag schön ist und die Sonne scheint, so ist es eine entzückende Wirkung für das Auge, das Meer ein leuchtendes Blau, das sich am Strand bricht, der selber weiß schimmert, und auf der näheren Seite das Gekräusel von frischem Seewasser, das den weicheren Sand bespült. Keine Gebäude verunzieren den Hügel gegenüber, bis auf ein Haus an der Klippenstraße, die zu dem kleinen Hafen von Porthleven führt, und alles andere sind Bäume, die bis zum Ufer des Sees hinabsteigen. Vom Sommer kann ich nicht sprechen, aber so ein Picknickplatz muß doch wohl tausend Besucher anlocken. Im Winter und im Frühling allerdings bleibt der weiße Sand unbetreten wie Robinsons Eiland. Nicht einmal die Fußspuren des braven Freitag sind sichtbar.

Im Winter, nach schweren Regenfällen, rauschen die Bäche von Helston herab und füllen den See, der überquillt und über den Sand gegen die Düne fließt. Und dann, wenn der Wind stark weht und die Flut sehr hoch steigt, so strömt auch das Meer gegen die Düne, und die beiden Gewässer treffen sich.

Wer zu solcher Zeit auf dem Strand steht, muß sich wie ein zweiter Moses fühlen, der den zwölf Stämmen zuwinkt, vorwärts zu eilen, während dahinter die verfolgenden Kampfwagen Pharaos heranrollen. Heute ist ein Kanal nach Westen gezogen worden, der dem Seewasser erlaubt, abzufließen, und da sprudelt es in rauschendem Toben aus seinem Bett, schäumend und aufspritzend, wenn es sich ins Meer ergießt. In alten Zeiten war es nicht so. Ein seltsamer Brauch herrschte. Der See und das angrenzende Land gehörten – und gehören übrigens noch – dem Gutsherrn, dessen Haus auf dem westlichen Hügel zwischen den Bäumen stand. Die Müller auf dem Gut, deren Häuser an den Bächen und dem ausströmenden See standen, fühlten sich in ihrer Existenz bedroht und gingen mit ihren Börsen zu ihm, von denen jede dreieinhalb Pence enthielt, boten sie ihm an und baten dafür um die Bewilligung, eine Rinne durch die Schranke zwischen See und Meer zu graben, so daß der überflutende See sich ins Meer ergießen könnte. Der Gutsherr stimmte zu, denn die Annahme des Geldes bestätigte ihn in seinen Rechten, und nun gingen die Müller mit Spaten und Schaufeln daran, den Graben auszunehmen. Es war keine große Arbeit, denn das Wasser des Sees, begierig einen Weg zu finden, stieß sich bald einen Durchlaß durch den feuchten Sand, und mit einem Toben wie Donner vereinten sich See und Ozean.

In den alten Büchern heißt es, daß dieses Rauschen meilenweit im Inland zu hören ist, und es war wie eine Gigantenschlacht, zu sehen, wer den andern besiegen würde, das flutende Brackwasser des Sees oder das zürnende Meer. Der Sieger, mit der ganzen Ausdauer der Winterregen geladen, war der See. Die Gezeiten wechselten, das Meer wich zurück und nahm mit sich den großen, schlammigen, gelben Strom, der die Oberfläche des Meeres bis weit in die Bucht hinaus färbte. Die Schlacht erneuerte sich mit jedem Wechsel von Ebbe und Flut, bis der See wieder in seine gewohnte Ruhe zurückfiel, nicht mehr über seine Ufer quoll und das nachströmende Meer, nicht mehr wütend wie zuvor, die Sanddüne aufbaute. So bildete die Düne wieder eine Schranke, die See und Meer trennte, bis der nächste Winter kam.

Wir wanderten auf dem Strand dahin und dorthin, malten uns die Szene aus, wandten uns zum See und erblickten eine kleine Segeljacht, die irgendwo, unterhalb der bewaldeten Nordabhänge in lässiger Anmut daherschwebte. Der Gutsbesitzer war also noch immer hier der Herr.

VII.

Der Klein-Adel von Cornwall

Der erste Graf von Cornwall war Robert de Moriton, ein Halbbruder Wilhelms des Eroberers, und dann ging die Grafschaft, je nach Laune des Monarchen, auf jenen seiner legitimen oder illegitimen nahen Verwandten über, den er für den geeignetsten Erben hielt; bis Eduard III., der kluge, weitsichtige König, die Grafschaft in ein Herzogtum umwandelte und seinem Sohn, dem Schwarzen Prinzen, den Titel verlieh. «Dadurch daß man einen Kranz auf seinen Kopf tut, einen Ring an seinen Finger und Zepter oder Amtsstab in seine Hand, ist es seit jener Zeit festgelegt und zugestanden, daß des Königs ältester Sohn, welcher der Erbe der Krone ist, Graf von Cornwall sein soll, und durch einen besondern für diesen Fall ergangenen Parlamentsbeschluß soll er, sobald er geboren wurde, als großjährig gelten, so daß er Land und Amtstracht am Tage, da er geboren wurde, beanspruchen kann und sie nach Recht und Fug empfangen sollte, da er das Alter von einzundwanzig Jahren vollendet hat.»

Das war die Absicht, doch älteste Söhne sind gestorben und jüngere Brüder wurden ihrerseits eingesetzt. Oder die Erbschaft ist auf andere Art weitergegeben worden, wie etwa als das Haus Stuart zu regieren aufhörte und ihm das Haus Hannover folgte und Georg, Prinz von Wales, das Herzogtum durch eine Bestallungsurkunde übernahm.

Weder die Grafen noch die Herzöge von Cornwall – mit Ausnahme Richards, des Bruders Heinrichs III. und seines Sohnes Edmund, die beide sich von Zeit zu Zeit in Dunheved Castle bei Launceston und in Restormel Castle bei Lostwithiel aufhielten – haben je in ihrem Lehen gelebt. Darum erwuchs auch keine große Tradition um einen residierenden Herzog, dessen

Schloß oder Herrenhaus zu einem Sitz der Macht geworden wäre, mit Hofherren und Adligen, die um die Gunst ihres Herrn buhlten, und höfischem Einfluß, der sich über das Herzogtum verbreitet hätte. Andernfalls wäre die Geschichte Cornwalls nicht auf die gleiche Art verlaufen, vielleicht stürmischer. Abwesende Herrscher geben ihren Untertanen mehr Möglichkeit, selbstgenügsam zu werden, ihre eigenen Lebensformen zu wählen, und die normannischen Familien, die mit dem Eroberer nach England gekommen waren und sich in Gebieten westlich vom Tamar angesiedelt hatten, vergaßen wohl nie ihre stolze Herkunft, vereinten sich aber dennoch mit den eingeborenen und verarmteren Bewohnern von Cornwall und trafen selber die Entscheidung, auf welche Seite sie sich schlagen sollten, wenn anderswo Schlachten tobten.

Der Schwarze Tod brachte Verheerung über das Volk, die französischen Kriege brachten Wohlstand – jedenfalls den Häfen von Cornwall. Während des Kriegs der weißen und der roten Rosen, zwischen den Häusern York und Lancaster, war der größte Teil des führenden Klein-Adels für Lancaster – Edward Courtenay von Boconnoc, Sir Thomas Arundell von Lanherne, Richard Edgecumbe von Cotehele, John Treffry von Place House in Fowey; doch Sir Henry Bodrugan von Bodrugan bei Mevagissey erklärte sich für das Haus York und wurde für seine Treue von Richard III. mit Ländereien belohnt, die Bodrugans Nachbarn gehörten. Aber in der Schlacht bei Bosworth fiel Richard III. und mit ihm das Haus York, Heinrich VII. wurde zum König ausgerufen, und Sir Henry floh aus dem Land, um nie zurückzukehren. Sein Haus oder vielmehr der Ort, wo es lag, ist jetzt ein Bauernhof, und nahe dem Klippenrand ist eine Stelle, genannt Bodrugan's Leap, von wo, wie es heißt, der Ritter den Verfolgern dadurch entging, daß er hoch zu Roß von der Klippe auf den Strand sprang und sich vermutlich von dort aus zu Schiff nach Frankreich begab.

Heinrich VII. belohnte seine Anhänger, und die Adligen von Cornwall waren wieder in Sicherheit. Einige Überreste der Treue zum Haus York blieben dennoch in den Herzen geringerer Männer wie Schmiede, Zinngräber, Advokaten, zurück, die hart von den Steuern bedrückt wurden, deren es zu einem Krieg gegen die Schotten bedurfte; und im Juni 1497 marschierte eine Schar dieser mutigen Männer von Cornwall durch Devon und Somerset bis nach Blackheath, südlich von London, bewaffnet mit Brecheisen und Picken, in der eitlen Hoffnung, der König würde auf ihre Proteste hören. Doch bei Blackheath wartete eine Armee von zehntausend auf sie und machte kurzen Prozeß mit ihnen. Die beiden Führer der Cornwaller, der Advokat Flamank und der Schmied Joseph wurden zehn Tage nach der sogenannten Schlacht in Tyburn gehängt, gevierteilt und dann riß man ihnen die Eingeweide aus; ihre Anhänger waren entweder geflüchtet oder erschlagen worden.

Im September sammelten sie sich aber wieder, als Perkin Warbeck auftrat und behauptete, er sei der jüngere der beiden Prinzen, die, wie man glaubte, im Tower auf Befehl Richards III. ermordet worden waren. Wie er selber davongekommen sei, sagte er nie. Er landete in der Nähe von Land's End in der Whitesand Bay. Abermals zog die Schar der Aufständischen gegen London, nachdem sie in Bodmin Perkin Warbeck als Richard IV. ausgerufen hatten. Der Klein-Adel von Cornwall witterte Unheil und blieb auf seinen Gütern sitzen, und die sechstausend Mann, die auf Exeter marschierten, konnten sich um keinen andern Führer sammeln als um ihren falschen Prinzen. In Exeter zurückgeworfen, zogen sie gegen Taunton, wo Perkin Warbeck aber die Nerven verlor; im Schutz der Nacht ließ er seine Armee im Stich, die, wütend und entmutigt, gezwungen war, sich König Heinrich V. zu ergeben. In jedem Kirchspiel von Cornwall wurden Steuern eingezogen, um das Sühnegeld zu bezahlen, das als Preis des Aufstands verlangt wurde.

Fünfzig Jahre vergingen, bevor Männer aus Cornwall abermals in offenem Aufruhr den Tamar überschritten, nachdem im Januar 1549 die Einheitlichkeitsakte verkündet wurde, welche die alte lateinische Messe abschaffte und an ihre Stelle den neuen englischen Gottesdienst setzte. Das Volk war empört. Schon hatte man gesehen, wie Abteien und Klöster geplündert und ihre Güter jenen Mitgliedern des Klein-Adels – und sie waren in der Mehrheit – gegeben wurden, welche die Reformation begünstigten. Doch das Verbot der Messe war der endgültige Strohhalm. Das Volk verstand das neue Gebetbuch nicht und zog das alte Latein mit seinem vertrauten Klang diesem gespreizten Englisch vor, das manche der Leute nicht einmal sprechen konnten. Wenige Tage nach Pfingsten, als das neue Gebetbuch zum ersten Mal benützt wurde, brach in vielen Gemeinden von Cornwall der Aufruhr aus, und diesmal hatten die Männer ein Mitglied aus dem eigenen Klein-Adel, das sie führen konnte, Humphry Arundell, verwandt mit den Arundells von Lanherne in Pyder, einer der ältesten Familien von Cornwall, und er selber ein fanatischer Katholik.

Der Aufruhr gegen das neue Gebetbuch wurde unter Humphry Arundells Führung in Bodmin entfacht, und als die Rebellen den Tamar überschritten, schlossen sich ihnen in Devon katholische Anhänger an. Exeter wurde fünf Wochen lang belagert, und die katholischen Hoffnungen begannen zu steigen, denn wenn Exeter fiel, würden zahlreiche Einwohner von Devon sich zur katholischen Sache bekennen. Doch es sollte nicht sein. Die Besatzung von Exeter erhielt Verstärkungen, die Belagerung wurde aufgehoben, die Katholiken von Cornwall wurden nach zähem Widerstand geschlagen, und Humphry Arundell wurde schließlich gefangengenommen und nach London gebracht, wo er das gleiche Schicksal erlitt wie fünfzig Jahre vorher der Advokat und der Schmied.

Die Katholiken von Cornwall wurden unterdrückt, ein oder zwei Geistliche gehängt, das Volk verlor seine Messe, und wenn die Leute nicht in die Kirche gingen, wurden sie in den Kerker geworfen. Kurze Zeit hindurch wurde die Messe unter der Regierung Maria Tudors wiedereingeführt, doch als Elisabeth den Thron bestieg, wurde das neue englische Gebetbuch abermals über Cornwall verhängt und diesmal für immer. Die großen Gutsbesitzer waren überzeugte Protestanten, und nur die Arundells hielten am katholischen Glauben fest. Das Fortbleiben von der Kirche kostete Sir John Arundell etwa zwanzig Pfund im Monat, damals eine große Summe. Er und seine nächsten Verwandten lasen die Messe in ihren Häusern, und Priester wurden, als Gäste verkleidet, eingeschmuggelt; das war die Zeit, da geheime Räume gebaut wurden, «Priesterhöhlen», wie man sie später nannte.

Als zwischen England und dem katholischen Spanien der Krieg ausbrach, bewies der Klein-Adel von Cornwall seine Treue zu der protestantischen Herrscherin. Sir Richard Grenville von Stowe in Stratton errang unsterblichen Ruhm, als er vom Deck seiner kleinen «Revenge» gegen zweiundfünfzig spanische Galleonen kämpfte und dabei den Tod fand. Das war die schönste Stunde für die cornischen Adligen, im Kampf gegen den gemeinsamen Feind war Religionshader vergessen; doch noch einmal kam es zur Spaltung, in der Stuart-Zeit, als der Bürgerkrieg, der in ganz England tobte, sich auch nach Cornwall ausdehnte. Es war kein Volkskrieg, und was die Zinngräber, die Fischer und andere Arbeiter von seiner Geschichte dachten, ist nicht verzeichnet. Jene, die von dem herrschenden Klein-Adel in die Schlacht gezogen wurden, waren Pächter der Adelsgüter, Bauern, Landarbeiter, Holzfäller, Dienstleute, bei denen man sich durchwegs auf treue Hingabe an die Sache verlassen konnte, die ihr Herr gewählt haben mochte. Viele tapfere Kämpfe wurden zwischen 1642 und 1646 von diesen cornischen Edelleuten ausgetragen, und die Berichte aus dieser Zeit werden noch heute erzählt. Auch wurden blutige Scharmützel ausgefochten, weil man alte Zwistigkeiten und private Eifersüchteleien erledigen wollte.

Die Brüder Grenville von Stowe – Sir Bevil und Sir Richard, Enkel des Grenville der «Revenge» – verkörperten alles, was im Charakter der Bewohner von Cornwall das Beste und das Schlechteste war. Beide hatten den löwenherzigen Mut von ihrem Großvater geerbt, aber Richard war es, auf den der große Mann auch seine Rücksichtslosigkeit übertragen hatte. Bevil, der ältere Bruder, war Grundbesitzer, ein zärtlicher Gatte und Vater, der sich nichts Besseres im Leben wünschte, als seine Güter mit Gerechtigkeit gegen Familie und Pächter zu verwalten. Doch als der Bürgerkrieg ausbrach, war er unter den Ersten, die nach dem Degen griffen, ihre Anhänger bewaffneten und sich für die Sache des Königs entschieden. Das erste Treffen auf Cornwalls Boden wurde unterhalb Boconnoc auf dem Bradock Down ausgefochten, und der Angriff, den Bevil leitete, war so heftig, daß die Parlamentstruppen geschlagen wurden und in Unordnung flohen. Sir Bevil hatte vor der Schlacht seine in blausilberne Livree gekleideten Pächter zu feierlichem Gebet versammelt, und er flehte um Gottes Segen für König Karl und alle, die ihm dienten. Dann, den Fahnenträger, Tony Paine, einen Riesen von etwa sieben Fuß Länge an der Seite, der die Fahne mit dem Greifenkopf schwenkte, ritt Bevil Grenville an der Spitze seiner Schar den Hügel hinunter, und alle brüllten: «Ein Grenville... ein Grenville...!» Und so vernichteten sie den Feind.

Auf Bradock Down steht ein Denkmal, das die Stelle kennzeichnet. Das Unterland liegt neben der Hauptstraße von Liskeard nach Lostwithiel, und der Hang, mit Gebüsch und jungen Bäumen überwachsen, scheint ein wenig klein, um vor dreihundertzwanzig Jahren als Schauplatz für das Stampfen der

Pferde, die Schreie der Sterbenden und den Gestank der Schlacht gedient zu haben. Das geschah im Januar 1643, und im Mai wiederholte Bevil Grenville seinen Angriff, diesmal in Stratton, unweit seines Hauses, nahe der Quelle des Tamar, und in Gemeinschaft mit den andern royalistischen Führern verjagte er den Feind aus Cornwall.

Doch die Ruhe hatte keine Dauer. Im Juli führte er seine Leute, um sich mit der royalistischen Hauptmacht zu vereinigen und Bath anzugreifen, wo auf dem vom Feind gehaltenen Hügelkamm von Landsdown eine wilde Schlacht entbrannte. Bevil Grenville, der glaubte, seinen Sieg von Stratton hier wiederholen zu können, führte seine Leute den Hügel hinauf, um die Geschütze zu erobern. Doch er fiel, tödlich verwundet. Da packte Tony Paine, sein Fahnenträger, Sir Bevils jungen Sohn John, einen Knaben von kaum vierzehn Jahren und setzte ihn auf das Pferd des sterbenden Vaters, und der Knabe schwang, die Augen voll Tränen, den Degen des Vaters und verfolgte den fliehenden Feind. Solche instinktive, tapfere Taten waren es, die den Namen Grenville in das Gedächtnis gruben.

Bevils Bruder, Sir Richard, war ein Mann von ganz anderem Schlag, ein Soldat von Beruf, der in Deutschland und Irland gekämpft hatte. Mit der Gerissenheit des Söldners nahm er von den Führern des Parlaments sechshundert Pfund, und dann verzog er sich und schloß sich den Truppen des Königs an. Brutal, rücksichtslos, auf härteste Zucht bedacht, dabei ein fähiger Taktiker, von seinen Feinden gehaßt, von seinen Freunden gefürchtet und auch manchmal verdächtigt, wurde er bald erbittert über die sorglosen Methoden der andern Kommandanten. Sie faßten nur langsam Entschlüsse, fand er, waren in der Verfolgung nicht schnell genug; sie betrieben das Kriegsgeschäft, als wäre es ein Spiel und nicht ein Prozeß der Ausrottung. Keine Gnade erflehen, keine Gnade gewähren, das war sein Motto, und nachdem er geholfen hatte, die Parlamentsarmee nach Cornwall zu locken und das in der Absicht, sie entweder in Stücke zu hauen oder ins Meer zu werfen, hielt er an seinem Grundsatz fest.

Nicht unmöglich, daß die Sache des Königs, hätten die andern Royalisten auf Grenville gehört, sich günstiger gestaltet hätte, als sie es tat. In dem schmalen Gebiet, zwischen Fowey und Par eingezwängt, kämpften die Parlamentstruppen unter dem Earl von Essex, bei Castle Dor, der Stätte von König Markes Burg, einen hoffnungslosen Kampf; doch im Nebelregen entkam Essex nach Fowey und von dort in einem Fischerboot nach Plymouth, während andere im Schutz der Nacht ostwärts nach dem Tamar ritten. Und im folgenden Jahre, 1645, wandte die Strömung sich gegen die Royalisten von Cornwall. Der neue Führer der Parlamentstruppen, General Fairfax, war weit fähiger als Essex. Grenville, in Wut und Groll darüber, daß ihm nicht der Oberbefehl über die Royalisten anvertraut wurde, weigerte sich, den Befehlen seines Vorgesetzten, Lord Hopton, zu gehorchen, und wurde von den eigenen Truppen verhaftet. Fairfax zog westwärts und überschritt den Tamar. Das war der Anfang vom Ende. Im März 1646 kam er nach Bodmin, und Hoptons Truppen wurden südwärts nach Truro gedrängt.

Im April mußte Sir Arthur Basset von Tehidy St. Michael's Mount preisgeben, die Inselfestung in Mount's Bay, doch Sir John Arundell von Trerice hielt sich in Pendennis bis Mitte August, ein ruhmreiches Schauspiel von Mut und Ausdauer. Unterdessen hatte Sir Richard Grenville sich nach Frankreich geflüchtet. Ob er wiederkam, um an dem mißlungenen, rasch unterdrückten Aufstand des Jahres 1648 teilzunehmen, wird sich wohl nie beweisen lassen, aber er selber erklärte beständig, er sei «des Königs General im Westen», und er starb verbittert und einsam im Jahre 1659 in Holland ein Jahr vor der Restauration. Streitsüchtig, nicht so beliebt wie sein Bruder Bevil, es sei denn bei seinen eigenen Leuten, die ihm in den Tod gefolgt wären, war Richard Grenville Soldat von Beruf und wußte, daß die Aussichten für die tapferen, aber unorganisierten Amateure auf seiner eigenen Seite sehr schlecht waren. Im Bürgerkrieg von England und von Cornwall stolperten die Amateure in eine verlorene Sache; es waren die Professionals, die siegten.

Während der Zeit der Republik hatten einige der großen Güter die Besitzer gewechselt. John St. Aubyn, ein Anhänger des Parlaments, erhielt, an Stelle von Arthur Basset, St. Michael's Mount. Francis Godolphin von Godolphin Hall ging mit John Grenville, Sir Bevils Sohn, in die Verbannung. Die Trelawnys von Trelawne wurden eingekerkert, die Arundells mit einer Geldbuße belegt. Jonathan Rashleigh von Menabilly wurde zugrundegerichtet und sein Haus zerstört. Nur die Außenmauern blieben stehn. Als im Jahre 1660 die Restauration der Stuarts siegte, wurden Vermögen und Güter den früheren Besitzern zurückgegeben, doch die Mehrheit des Klein-Adels von Cornwall war geschwächt und verarmt, und von dieser Zeit an gingen die großen Ereignisse der Geschichte an ihm vorüber. Manche konnten mit Zinn ein Vermögen machen, ein gewisser Wohlstand ergab sich für andere durch die Vergrößerung und Entwicklung ihrer Güter, doch die Mehrzahl fand sich mit dem Leben und der Tätigkeit ruhiger Gutsbesitzer ab, beschäftigte sich in den folgenden Jahrhunderten mit den Angelegenheiten des Kirchspiels und anderem, manche wurden auch Mitglieder des Parlaments, wurden Sheriffs, Richter, Bauern, Gärtner, gute, wackere Männer, aber nicht gerade brillant, denn das Feuer in ihrem Innern war erloschen.

Manche Häuser verfielen; andere wurden wiederaufgebaut oder renoviert und gehören den Nachkommen ihrer früheren Besitzer oder sind an Pächter vermietet. Wen es interessiert, der kann die einen besichtigen, die andern aus der Entfernung betrachten oder zwischen den Trümmern stöbern, wo kein Haus mehr steht. Das Edgecumbe-Haus von Cotehele gehört der Nationalstiftung, ebenso Anthony, wo die Carew-Poles wohnen. St. Michael's Mount ist im Besitz der St. Aubyns, Lanhydrock gehört den Agar-Robartes – diese letzten drei im Bürgerkrieg durchwegs Parlamentsanhänger – ihre Besitzungen verwaltet auch die Nationalstiftung. Vyvyans besitzen noch Trelowarren, Rashleighs Menabilly, beides in der Vergangenheit Royalisten. Treffrys sind noch immer in Place House in Fowey, doch die Trelawnys haben Trelawne verlassen, Bassets sind aus Tehidy verschwunden, das jetzt ein Krankenhaus ist, und die Godolphins sitzen auch nicht mehr in Godolphin Hall.

Es gibt keine Arundells mehr und auch keine Grenvilles. Diese beiden Familien, die stolzesten und berühmtesten des Klein-Adels von Cornwall, sind in Cornwall erloschen, der Name ist auf andere Zweige östlich vom Tamar übergegangen. Wen Neugier und Heimweh plagt und wer dort zu wandern wünscht, wo einst die Grenvilles auf die Falkenjagd ritten, kann zunächst zur Kirche in Kilkhampton gehn und ihre Grabdenkmäler betrachten, dann sich zur Küste gegen Coombe wenden, wo das schöne alte Gehöft von Stowe Barton oberhalb des Platzes der beiden Grenville-Häuser steht. Auf der andern Seite der Straße sind die Fundamente des großen Hauses, das John Grenville, der Sohn Bevils, über Resten von seines Vaters Wohnsitz baute, als er nach der Restauration der Stuarts zum Earl of Bath ernannt wurde. Dieses Haus wurde nach seinem Tod abgerissen, und heute ist von den Terrassen und Gärten wenig erhalten, dagegen steht noch die alte Rundmauer. Die Küste und die hohen Klippen sind sehr nahe, und die reine, scharfe Luft weht vom Atlantischen Ozean her über sie.

Wenn wir das Gebiet der Grenvilles im Bezirk Stratton verlassen und den Weg an der Nordküste durch Lesnowth und Trigg fortsetzen, bis wir die Camel-Mündung überqueren und nach Pyder gelangen, können wir die gleiche Geschichtsperiode noch einmal durchmachen und die Heimstätten der Arundells betrachten. Trerice, drei Meilen von Newquay, ist eines der schönsten Herrenhäuser im Tudor-Stil in der Grafschaft und gehört heute der Nationalstiftung. Lanherne, etwa acht Meilen nördlich, der Sitz der Arundells seit dem dreizehnten Jahrhundert, bis es verfiel, als die männliche Linie im Jahre 1701 ausstarb, liegt im Dorf St. Mawgan und ist seit 1794 ein Kloster der Karmeliterinnen.

Es ist durchaus entsprechend, daß dieses Haus, das fünf Jahrhunderte lang das Heim der katholischen Arundells gewesen war, in die Obsorge von katholischen Nonnen geraten ist. Wie sich das abgespielt hat, ist der Erwähnung wert. Sir Johns letzte Urenkelin, die den Besitz geerbt hatte, nicht aber hier lebte, heiratete einen entfernten Verwandten, den siebenten Baron Arundell von Wardour und vereinigte so ihren Zweig der Familie mit dem seinen. Als die Toleranzakte des Jahres 1781 den Katholiken gestattete, ihre Religion ohne Bußen oder Verfolgung in ihren eigenen Kirchen nach ihrem Belieben zu üben, wurde es für Personen von katholischem Glauben leichter, über ihren Besitz zu verfügen, wie sie wünschten, und als eine Gruppe englischer Karmeliterinnen während der französischen Revolution von Antwerpen floh und nach London kam, schenkte der achte Baron Arundell von Wardour ihnen das alte cornische Herrenhaus von Lanherne. Am 10. September 1794 zog die Äbtissin, Elisabeth Maddocks, mit zwölf Nonnen und drei Laienschwestern in die Heimstatt der Arundells. Etwa drei Jahre später waren die letzten Reparaturen des Hauses beendet, und die Karmeliterinnen wohnen jetzt dort seit mehr als hundertsiebzig Jahren.

Die Fassade von Lanherne, hinter der das Presbyterium liegt, darin der Geistliche wohnt, sieht ungefähr so aus, wie sie ausgesehen haben mochte, als die großen Arundells hier ihren

Sitz hatten. Dahinter, von Mauern und Gärten umschlossen, ist das Kloster, zu dem der Außenseiter keinen Eintritt hat. Es ist möglich, die Erlaubnis zum Betreten des Presbyteriums zu erhalten, die Treppe zu dem Besucherraum hinaufzusteigen und mit der gütigen irischen Äbtissin zu sprechen, die durch ein doppeltes Gitter von ihren Gästen getrennt ist. Auch an einem Gottesdienst in der Kapelle an der Seite des Gebäudes darf man teilnehmen. Und das ist ein unvergeßliches Erlebnis. Nicht die Strenge der Absonderung noch die Eintönigkeit des Alltags beeindrucken den Laien, sondern die Atmosphäre von Wärme und Willkomm, Frieden und Glück innerhalb dieser Mauern, hinter denen dreizehn Nonnen sich, wie ihre zahlreichen Vorgängerinnen, Gott und einem Leben des Gebets geweiht haben.

Ganz in der Nähe ist die St. Mawgan-Kirche, wo die Arundells in vergangenen Zeiten ihren Gottesdienst hielten, mit dem Dorf im benachbarten Tal, und das alles ist auf rührende und sehr lebendige Art von der gleichen Atmosphäre durchdrungen, die von Lanherne selbst ausgeht, durch Jahrhunderte von guten, frommen Männern und Frauen geweiht.

Die Fehden der Historie sind verklungen, Flucht und Verfolgung, das Gezänk der Rivalität zwischen Christen ist vergessen. Die Landschaft mag sich wandeln, große Flugplätze breiten sich auf dem Hochland, über das einst die Arundells ritten, kleine Häfen werden zu Touristenzentren, doch Lanherne bleibt, was es für jene, die Wert darauf legen und ein gutes Gedächtnis haben, immer gewesen ist, der Mittelpunkt eines entschwundenen katholischen Cornwall.

VIII.

Die «Zinner»

Lange bevor die Ahnen des Klein-Adels von Cornwall mit Wilhelm dem Eroberer nach England kamen und später westlich des Tamar nach Cornwall zogen, um sich hier anzusiedeln, lange bevor Artus, Gorlois und Marke Könige waren und Tristan die Königin Iseult liebte, lange bevor die Sachsen Verheerungen anrichteten und die Römer Straßen bauten, weit zurück in der Bronzezeit, etwa 1800 Jahre vor Christi Geburt waren in Cornwall die «Zinner» an der Arbeit. Diese ersten Erforscher aus den Mittelmeerländern, die sich am Fluß Hayle und in West Penwith niederließen, entdeckten das Geheimnis oder brachten es mit sich – das Geheimnis, daß die Mischung von Sand und Stein, die in den Bächen von den Granitbergen heruntergespült wurde, ein kostbares Erz war, das sich mit dem Kupfererz, das sie in Irland fanden, zu Bronze vermischte. Daraus wurden Waffen geschmiedet. Die häusliche Verwendung kam später an die Reihe, das Belegen von Töpfen und Pfannen, die Herstellung von Bechern, Schüsseln, Glocken – Zinn hatte hundert Gebrauchsmöglichkeiten; doch in jener frühen Zeit und noch viele Jahrhunderte später wurde das Erz gesucht, um durch die Mischung mit Kupfer in Bronze verwandelt zu werden, und weil in ganz Europa die Gegend mit den mächtigsten Lagern dieses natürlichen Erzes die Halbinsel Cornwall war.

Diese frühen «Zinner» arbeiteten im Freien, zwischen den Felsen und dem Gestrüpp, «wuschen» das Zinn von dem Antlitz der Felsen, wo sich die Adern des Erzes zeigten. Dann wurde der leichtere Abfall vom Kies fortgespült, die schwereren Steine wurden zu Körnern zerklopft und zum Schmelzen in den Ofen gebracht.

Die Römer und die Sachsen förderten mit ihren eigenen Kenntnissen und ihrem Können, was bereits eine blühende Industrie war, aber erst im zwölften Jahrhundert, unter der Regierung Richards I. wurden für die «Zinner» Gesetze geschaffen. Das war die erste Urkunde für die Zinnereien, wie diese Industrie genannt wurde. Damit wurde amtlich festgelegt, daß die «Zinner» nach Zinn suchen und es bearbeiten durften, wie das seit den frühesten Zeiten ihr Vorrecht gewesen war, und zwar auf jedem unbebauten Boden. Der Gutsherr, dem das Land gehörte, erhielt seine Abgabe, sonst aber konnte er sich auf keine Art einmischen. Dadurch wurde der «Zinner» zu seinem eigenen Herrn gemacht. Er durfte graben, wo und wie es ihm beliebte. Wenn er auf Erz stieß, war der Nutzen sein, wenn nicht, war er der Verlierer.

Das Bewußtsein, daß er sein eigener Herr war und nur den in der Charta festgelegten Regeln gehorchte, worüber der Hüter der Zinnereien wachte, versetzte den cornischen «Zinner» seinen Landsleuten gegenüber in eine einzigartige Lage. Er war kein Leibeigener, kein Knecht oder geheuerter Arbeiter, sondern ein freier Handwerker. Die «Zinner» hatten ihr eigenes Parlament und ihre eigenen Zinnereigerichte, um Streitfälle zu entscheiden. Die einzige Steuer lag auf dem Zinn selbst, und sie wurde durch das Zinnereigesetz genau bestimmt und sicherte, daß alles Zinn einmal geschmolzen, an einen Prägeort gebracht werden mußte.

Solcher Orte gab es vier, im Westen Helston und Truro, im Osten Lostwithiel und Liskeard. Hier wurde das Zinn gewogen, von den Kronbeamten geschätzt und dann mit dem Wappen des Herzogtums geprägt. Nachher konnte es den fremden Händlern verkauft werden, doch den Gewinn strichen die «Zinner» ein. Diese Versammlungen in den Prägeorten, viermal im Jahr, waren große Festlichkeiten, die manchmal bis zu zwölf Tagen dauerten, wobei die Hochsommerprägung von allen das größte Fest war und einen Vorwand für Feiern aller Art lieferte.

Granitfelsen im Hochland

Zinnmine

Ein letzter Zeuge der großen Zeit der Freibeuterei

Burg Restormel, Lostwithiel

Kirche Morwenstow

Trerice House bei Newquay, eines der schönsten Herrenhäuser Cornwalls

Cornischer Bauer

Cornischer Tongräber

«Das Haus hatte die ganze Traurigkeit
eines nie besuchten, verfallenden Gebäudes

Noch immer arbeiteten die «Zinner» im Freien, auf den Mooren zwischen dem Granit oder längs der Flußufer, verwendeten Hacke und Schaufel und zogen an eine andere Stelle, sobald die Ablagerungen der Bäche erschöpft waren. Der «Wäscher» pachtete ein Stück Land vom Grundbesitzer, im allgemeinen für ein Jahr auf einmal und zahlte ihm entweder eine vereinbarte Summe oder gab ihm einen Anteil an dem gefundenen Zinn. Er bearbeitete das Pachtland mit den Mitgliedern der eigenen Familie, und wenn es ihm gut ging, beschäftigte er auch Männer, die für ihn arbeiteten. War das Zinn gespült, so wurde es auf einem Packpferd zu dem nächsten Schmelzhaus gebracht, und der «Schmelzer» pachtete sein Land ebenso vom Gutsbesitzer wie der Zinnwäscher.

Manchmal lag das Pachtland in beträchtlicher Entfernung von dem Gehöft oder dem Dorf, wo die «Zinner» lebten, und dann bauten sie sich Lehmhäuser auf dem unbestellten Boden neben ihrer Arbeitsstätte. Diese Lehmhäuser waren kahl und bloß, ein langer fensterloser Raum, darin die Männer aßen und schliefen, mit einem Herd, in dem sie Torf oder Gestrüpp verbrennen konnten, und Stroh und Heidekraut auf dem Boden, darauf sie sich zur Nacht ausstreckten. Im Winter waren die Tage unglaublich hart, denn ein heftiger Wind jagte den Regen über die Moore, und um halb fünf setzte die Dunkelheit ein. Wenn die mitgebrachten Nahrungsmittel knapp wurden, stellten sie den Kaninchen Fallen oder schossen wildes Geflügel, Regenpfeifer, Waldschnepfen, Enten, die selber an Moor und Sumpf, zwischen Heidekraut und Ginster ihre Nahrung suchten; dann, in der durchräucherten Luft ihres rauhen Obdachs, saßen die «Zinner» um das Feuer gekauert und erzählten einander Sagen aus vergangenen Zeiten.

Bei den Grabhügeln auf den Hochmooren sollen die Geister der toten «Zinner» umgehen, die durch einen Unfall starben, und später, als Hacke und Schaufel unter Tag verwendet, Stollen und Höhlen gegraben und Schächte angelegt wurden und die «Zinner» unter der Erdoberfläche als Bergleute schafften, entarteten diese Gespenster zu bösen Geistern, nicht mehr als drei Fuß groß, mit schielenden Augen und Mündern von einem Ohr zum andern. Ob sie Geister waren oder Lebewesen, das vermochte niemand zu sagen, doch die Unterwelt gehörte ihnen und das Zinn auch, und einen von ihnen bei der Arbeit zu stören, brächte Unheil. Die Männer fanden ihre Werkzeuge in Felsenspalten, kleine Äxte, wie ein Gnom sie anfertigen würde, mit scharfen Schneiden und sauber gearbeitet. Der Name, den die Zinngräber ihnen gaben, hieß «Knacker», und das soll, wie man sagt, von dem seltsamen Knacken und Tappen abgeleitet sein, das hörbar wurde, als die Zinngräber zum ersten Mal unter die Erde stiegen, doch der gute Gelehrte Charles Henderson hielt an der Theorie fest, daß das Wort ursprünglich angelsächsisch für «Nicor» war, was eine unterirdische Fee oder einen Wassergeist bedeutet. Das mag wohl sein, doch in späteren Jahrhunderten war der «Knacker» kein wohlwollender Wassergeist, sondern ein knorriger, kleiner, alter Mann, häßlich und mißgestaltet, mit einem Kopf viel zu groß für den Körper und mit rotem oder ergrauendem Haar. Die «Knacker» gingen in Gruppen, wechselten ihre Gestalt oder lösten sich in Rauch auf, wenn ein Zinngräber ihnen nahe kam, und verwandelten sich manchmal, aus reiner Bosheit, in Ziegenböcke, die grinsten und umhersprangen. Ereigneten sich Erdrutsche oder überflutete das Wasser einen Stollen und ein Mann ertrank, so war das immer das Werk der Knacker, die sich rächen wollten.

Das Zinngraben unter der Erdoberfläche setzte erst in der Mitte des fünfzehnten Jahrhunderts ein, und je tiefer die Schächte eindrangen und je länger die Stollen wurden, desto schwerer und gefährlicher wurde die Arbeit, und Knacker-Sagen verbreiteten sich in allen Minen. Nichts konnte den Aberglauben stärker erregen als die langen Stollen, in denen ein Arbeiter kriechen oder gebückt stehn mußte, die Kerze an der Hutkrempe befestigt. Und so blieb er acht Stunden in der Tiefe, in heißer, stickiger Luft.

«Ungesunde Dämpfe zerrütten ihnen da und dort die Köpfe», schrieb Carew in seiner «Besichtigung von Cornwall» zur Zeit der Tudors, doch es waren nicht bloß die Köpfe, die «zerrüttet» wurden, ob nun durch die faulige Luft oder die Teufeleien der Knacker. Ihre Sorgen wuchsen entsprechend mit den wachsenden Kosten des Zinngrabens. Grubenholz, Stricke, Kerzen, das Bohren der Schächte, das Stützen der Erde, die Gefahr für Leib und Leben, das war es, was die Grubenarbeiter plagte, die tief in der Erde schafften, statt in freier Luft die Erze zu spülen.

Jetzt betrat der Vermittler den Schauplatz, Kaufleute, die den Zinngräbern Geld liehen; oder die bessergestellten unter den Zinngräbern selbst, die es gut getroffen hatten, auf eine reiche Ader gestoßen waren und sich nun auch als Geldleiher betätigten. Auch der Grundbesitzer begann zu begreifen, daß mehr für ihn herausschauen konnte als durch das bloße Verpachten des Bodens. Wenn er selber eine Gesellschaft bildete und seine eigenen Grubenarbeiter beschäftigte, konnte ein Vermögen gewonnen – oder verloren werden. Jedenfalls lohnte es das Spiel. Sir William Godolphin von Godolphin Hall war einer von ihnen, und im sechzehnten Jahrhundert und später besaßen die Godolphins die reichsten Zinnlager in ganz Cornwall. Die Bassets von Tehidy, die St. Aubyns vom Mount waren andere Familien, die durch Zinn reich wurden, denn die Güter dieser drei Familien erstreckten sich über die Zinnlager von Kirrier und Penwith.

Der durchschnittliche Zinngräber, der seine Unabhängigkeit nicht verlieren wollte, zog es noch immer vor, auf «Tribut» zu arbeiten, das heißt, lieber einen Anteil am Ertrag der Mine zu haben als einen festen Lohn, und wenn das auch den zähen Stolz auf seine eigene Arbeit und Unabhängigkeit bedeutete, so war auch Unsicherheit damit verbunden, denn ein Bach oder eine Mine, die in dem einen Jahr reich gewesen waren, mochten im nächsten Jahr ganz ausfallen und dann war der Zinngräber ohne Beschäftigung.

Wenn die Zeiten schlecht waren, und das war vor allem gegen das Ende des siebzehnten und achtzehnten Jahrhunderts der Fali, als der Zinnpreis schwankte, wurde die Notlage der Arbeiter sehr ernst. Viele von ihnen darbten so sehr, daß sie sich gewöhnlich zu Banden zusammenschlossen, nach dem nächsten Marktort zogen und dort, auf der Suche nach Getreide, in die Häuser der Kaufleute einbrachen. Es gab Unruhen in Padstow, Unruhen in Truro und Redruth, und das Militär wurde gerufen, um Ordnung zu machen; und genau wie im vor-revolutionären Frankreich sich auf dem Land Gerüchte von Räubern und Desperados verbreiteten, die in die Häuser gesetzestreuer Bürger eindrangen, so herrschte in Cornwall unter den einfachen Einwohnern, den Bauern und Kaufleuten die Angst vor den Zinngräbern, denen man jede Störung, jeden Friedensbruch in die Schuhe schob.

Die Zinngräber, hieß es, seien ein Volk von gewalttätigen Männern, die vor nichts zurückschreckten, Reisende bei Nacht überfielen und halbtot schlugen, Hühnerhäuser und Scheunen plünderten, Türen und Fenster aufbrachen und Strandraub betrieben, indem sie sich mit Laternen auf den Klippen sammelten, Schiffe ins Verderben lockten, um sie dann auszurauben. Diese Geschichten waren auf wirkliche Not gegründet und auf den Geist der Unabhängigkeit, der die Zinngräber von der Umwelt unterschied. Tatsächlich waren sie keine gewalttätigen Leute, sondern Individualisten, die unter ihren eigenen Bedingungen Zinn wuschen oder gruben, ohne von Unternehmern ausgebeutet zu werden wie in andern Industrien, und das weckte das Mißtrauen jener, die nicht den Mut besaßen, es ihnen gleichzutun. Selbst die Festlichkeiten der Zinngräber, ihre Gebräuche, ihr Zeitvertreib wurden entweder gefürchtet oder als unchristlich geschmäht. Schleuderball, Ringen, Hahnenkämpfe, das waren die Sportarten gewalttätiger Männer und führten zu Ausschweifungen, Trunkenheit und blutigen Raufereien.

«Das gemeine Volk», wurde berichtet, «ist sehr seltsam geartet und im besten Fall sind es Halbwilde.»

Der Beginn des neunzehnten Jahrhunderts und die industrielle Revolution im übrigen Land brachten einen Aufschwung für das Zinn von Cornwall. Die Straßen wurden verbessert, Gießereien und technische Einrichtungen entstanden, Pumpen wurden mit Dampf betrieben, und «Fremde aus dem Oberland» begannen ein Interesse an den Bergwerken zu zeigen, ob es nun Kupfer war oder Zinn, und das ganze Drum und Dran kapitalistischer Wirtschaft trat an die Stelle der früheren wagemutigen Unternehmer. Trotz dieser Wandlung, trotz dieser Entwicklung blieb der alte Kameradschaftsgeist unter den Bergleuten selbst lebendig. Klassenunterschiede gab es nicht. Die Abenteurer, wie man die Anteilbesitzer nannte, die Bergwerksleiter oder Aufseher, die Kassiere, die sich um die Finanzen kümmerten, die lokalen Mineneigner, sie alle kamen zu monatlichen oder vierteljährlichen Begegnungen zusammen, und diese Gelegenheiten wurden zu Festlichkeiten. Eine neue Maschine wurde in Gang gesetzt, als wäre es der Stapellauf eines Schiffes, Fahnen wehten, Musikkapellen spielten, und die Maschine wurde mit einer Flasche Portwein getauft. Jedes einzelne Bergwerk wurde zum Mittelpunkt der Gemeinschaft; Männer, Frauen, Kinder, alle nahmen an der Arbeit teil; doch während die «Abenteurer» und die glücklichen Grundbesitzer Vermögen machten, hatten die Bergleute selbst nur geringen Anteil an dem Nutzen, sie arbeiteten lange Stunden für geringe Löhne, so groß war der Wettstreit um die Arbeit.

Einen langen Weg hatten sie seit den Tagen ihrer Ahnen zurückgelegt, die in freier Luft auf den Mooren das Gestein gespült hatten, doch ihr Mut, ihre Ausdauer waren so groß wie immer, das Graben hatten sie im Blut, und eine andere Beschäftigung wünschten sie sich nicht. Krankheiten forderten ihren Zoll. Die durchschnittliche Lebensspanne eines Bergmanns, der unter Tag arbeitete, betrug siebenundvierzig Jahre, wenn es ihm gelang, die allzu häufigen Unglücksfälle zu überleben; und stieg er auf die Oberfläche der Erde, um seine Tage in einem überfüllten Häuschen zu beenden, schwarzen Staub spuckend und auf eine Diät von Kartoffeln und Gerstenschleim gesetzt, so gab es keine Gewerkschaft, die sich um ihn kümmerte, keine Regierungsstelle, keine privaten Wohltäter, die sich seiner annahmen.

Um die Mitte des neunzehnten Jahrhunderts gruben etwa fünfzigtausend Bergleute in den Minen nach Zinn und Kupfer, denn Cornwall war derzeit das reichste kupferproduzierende Gebiet auf der Welt und lieferte zwei Drittel des gesamten Bedarfs. Die Bergwerke waren nicht mehr im westlichen Cornwall, in Penwith, Kirrier und Pyder konzentriert, sondern dehnten sich ostwärts und bedeckten das Land. Die große Caradon-Kupfermine, auf zwei Hügeln nördlich von Liskeard, an der Grenze von East und West Wivel gelegen, beschäftigte allein viertausend Mann. Ende der sechziger Jahre erreichte der Aufschwung seinen Gipfel, dann aber war es vorbei. Kupfer wurde am Victoria-See gefunden, Zinn in Malaysia, Arbeitslöhne und Produktionskosten waren dort niedriger als in Cornwall, es lohnte weder den Grundbesitzern noch den Abenteurern, ihr Geld im westlichen Gebiet zu riskieren. Die großen Tage waren vorüber. Gesellschaften gaben den Kampf auf, Bergwerke wurden stillgelegt. Hunderte, dann Tausende von Bergleuten der Zinn- und Kupferminen sahen sich arbeitslos und ohne Hoffnung auf Wiederbeschäftigung. Die Kupferproduktion allein sank von 160000 Tonnen auf weniger als 500, und für die Bergleute war die Alternative, zu hungern oder in Massen auszuwandern. Ein Drittel der Bergleute verließ Cornwall noch vor Ende des Jahrhunderts und trug ihre Arbeitskraft in andere Kontinente, nach Amerika, Süd-Afrika, Australien, während daheim die Bergwerksstädte und Dörfer sich entvölkerten, die Gruben leer standen, kein Rauch aus den hohen Schornsteinen mehr aufstieg, kein Maschinenlärm aus den Pumpenhäusern drang, und das Land ringsum wieder unfruchtbar und wüst wurde und nur Gestrüpp trug.

Eine kurze Wiederbelebung erfolgte im ersten Teil des zwanzigsten Jahrhunderts und während der beiden Weltkriege, doch da waren nur noch vier Bergwerke übrig und heute gar nur zwei. Geevor in St. Just, South Crofty in Camborne. Was die Zukunft für die Bergwerksindustrie von Cornwall birgt, kann niemand voraussagen. Andere Gesellschaften graben, doch englische Unterstützung wird nötig sein, wenn die Kanadier und Amerikaner nicht als Erste auf dem Feld auftauchen sollen. Zinn und Kupfer sind noch immer unter der Erde und warten auf neue Abenteurer, neue Gräber. Ob die Leute von Cornwall selber heute gewillt sind, unter Tag zu arbeiten wie ihre Vorväter, vielleicht für den «Tribut», einen Anteil am Nutzen, wie das die alten Zinnwäscher taten, und so, mit all dem Stolz, all dem Mut, der zu solch einem Unternehmen gehört, ihre Hoffnungen auf die eigene Mine setzen, das ist etwas, das nur sie selber beantworten können.

Die Zinngräber der Vergangenheit waren ein wesentlicher Bestandteil von Cornwall, Jäger, Sucher, die sich in der endlosen Erforschung des unterirdischen Schatzes erschöpften. Es ist keineswegs schwierig zu finden, wo sie lebten und arbeiteten. Die Schornsteine, nackt gegen den Himmel ragend, die efeubewachsenen Maschinenhäuser, die Schlackenhaufen davor noch immer schwarz und kiesig, sie sind überall von einer Hauptstraße oder einem Seitenweg zu erblicken, im mittelwestlichen Gürtel von Kirrier und Penwith besonders dicht beieinander. Hier allerdings sind sie weniger leicht von den produzierenden Gießereien und Fabriken zu unterscheiden, denn das Gebiet von Camborne und Redruth ist noch immer der industrielle Gürtel; stößt man aber nordostwärts zur Küste bei St. Agnes Head oder anderswo vor, so gewahrt man plötzlich diese einsamen Merkmale einer einst so üppigen Vergangenheit. Die Namen der Minen haben einen heimatlichen Klang – Wheal Rose, Wheal Kitty, Wheal Harriet, Cook's Kitchen, Wheal Harmony, Wheal Fortune. Irgendwie belebt sich ein Bild von den Männern die hier gearbeitet hatten und ihre Minen betrachteten wie Seeleute ihr Schiff, das sie priesen oder verfluchten.

Die Karrenwege zu den Bergwerken sind jetzt überwachsen, manchmal ungangbar, hackt man sich aber einen Pfad durch das Gestrüpp und gelangt zu einem Maschinenhaus und schaut sich um, so besitzen diese Orte die ganze Schönheit, die ganze Traurigkeit, welche die Natur Ruinen verleiht. Vielleicht wirkten sie einst häßlich, kahl wie heutzutage elektrische Masten, der Rauch aus den hohen Schornsteinen verpestete die Luft, und anstatt des Schweigens von heute tönte das Knattern der Maschinen, das Stampfen der Pumpen. Am frühen Morgen, um Mittag und dann wieder abends dröhnte die Glocke das Zeichen zum Schichtwechsel, und die Straßen, jetzt von Unkraut und Gestrüpp überwuchert, widerhallten die Schritte der Männer, die zur Arbeit gingen, während von unten her zu den Schachteingängen ihre Kameraden aufstiegen, die eine Rast verdient hatten, die Kittel besudelt von Schlamm und Lehm, einen Kerzenstumpf an den harten Hutkrempen befestigt.

Sehenswerter als die kleinen Binnenlandminen sind die Schornsteine und Maschinenhäuser jener Bergwerke, die oberhalb des Meeres gebaut worden waren und wie Adlernester in der Höhe hocken. Botallack, bei Cape Cornwall in West Penwith, auf einer Felsenspitze, an deren Fuß der Ozean schäumt, hat eine fast unheimliche Größe. Hier erstreckten sich in alten Zeiten die unterirdischen Arbeiten sogar unter den Boden des Meeres, mehrere Faden tief, und obgleich sich nie ein Drama ereignete, war es den Bergleuten dauernd bewußt, daß über ihnen der Ozean rauschte, daß sich die Wellen dumpf an den fernen Klippen brachen, daß Salzwasser durch die Felsspalten dort einsickerte, wo sie arbeiteten. Dieser Felsen war ihr einziger Schutz vor dem jähen Ertrinkungstod, die heiße, feuchte Luft über ihnen erschwerte das Atmen, und ebenso schwierig war der steile Aufstieg über die Leitern zu den Klippen, wenn ihre Schicht vorbei war, zumal nachts durch pechschwarzes Dunkel und im Winter bei furchtbaren Stürmen.

Wheal Cotes auf St. Agnes Head ist wohl kaum so beschwerlich steil, doch es besitzt die gleiche eindringliche Schönheit. Das Vorgebirge, jetzt Nationaleigentum und von keinen spätern Bauten entstellt, ist wild und bloß bis auf die öden Mauern des Maschinenhauses, das wie eine verunstaltete Kathedrale gegen den Himmel steht, während dahinter ein einsamer Schornstein, mächtig wie ein dunkler Turm, auf das Meer hinabdräut. Hier kann man sich nicht so leicht die Reihe der Männer vorstellen, die von ihrer Arbeit auf das Grasland und in die freie Luft hinaufstiegen. Der Schauplatz paßt eher zu dem Drama einer alten Sage aus den Zeiten, da noch kein Bergmann sich seinen Weg durch Fels und Stein grub. Dieser Schornstein spie gewiß niemals Rauch, diese Mauern beherbergten nie die dröhnende Kraft einer Maschine. Sie waren Sinnbilder für etwas jenseits der Zeit, wie die Grabhügel auf den Moorländern von West Penwith; Denkmäler von Wagnis und Mut, vom Geist des Bergmanns selbst, unbesiegt von Not und Verlust, den vergangenen Jahrhunderten trotzend, ebenso wie den kommenden, Symbole einer cornischen Erbschaft.

IX.

Glaube und Aberglaube

Die Gläubigkeit sitzt den Bewohnern von Cornwall tief in den Knochen, nimmt aber in den aufeinander folgenden Generationen wechselnde Formen an. Die ersten Siedler verehrten, wie die meisten Mittelmeervölker, die Mutter Erde, die Göttin der Fruchtbarkeit, die der Welt das Leben brachte. Die Granitfelsen, das Gestein, von der Natur in Millionen und Abermillionen von Jahren emporgeworfen, sind ihr Werk. Unter ihnen herrschte sie, geheimnisvoll und dunkel, und hat Macht über alle Dinge, die leblosen wie die belebten.

Die keltischen Stämme brachten einen andern Kult mit sich, Himmelsgötter, Sonnengötter, Geister der Bäume und Wälder, vorwiegend männliche Gottheiten, Vorläufer des Monotheismus. Das Christentum formte eine vollendete Verbindung der beiden widerstreitenden Kräfte, der männlichen und der weiblichen.

Dann wurden die heiligen Männer, die von Irland und Wales in großen Mengen kamen und die Cornwaller tauften, ihrerseits Heilige, die man bei ihren Lebzeiten verehrte und an die man nach ihrem Tode seine Gebete richtete. Die heidnischen Bäche und Quellen wurden nach ihnen benannt, die Zellen der Eremiten wurden zu Kapellen. Man baute Kirchen, und die ganze ekklesiastische Ordnung wurde wirksam. Die Bewohner von Cornwall nahmen all das mit der schuldigen Ehrfurcht und Folgsamkeit an, doch unterhalb aller Gleichschaltung blieb ein tiefes Gefühl für Aberglauben, halb Staunen, halb Angst, ein Vertrauen auf die alte Magie, das niemals völlig erstorben war.

Behexung, Zauber, Flüche, Wünsche, das waren die Dinge, die manchmal mehr Kraft besaßen als das Gebet. Bestimmte

Vögel waren unheilvoll, bestimmte Vierfüßler bösartig. Die Toten waren nicht im Fegefeuer oder in ihren Gräbern, sondern wanderten häufig durch die Berge oder riefen vom Meer her. Die Bejahrten waren Hexen, die Jüngeren Wechselbälge. Knakker hämmerten oder riefen aus den Schächten, Feen im Hause stifteten Unordnung, verdarben die Speisen, ließen die Milch gerinnen. Kein Geistlicher, kein Gottesmann hatte Macht über diese Wesen. Sie kamen und gingen, wie es ihnen beliebte, und es war sicherer, sie zu versöhnen oder einen Gegenzauber wirken zu lassen.

Als die Reformation kam und die Mystik der Messe den Bewohnern von Cornwall genommen, Bilder verboten, Weihrauch und Weihwasser aus den Kirchen verbannt wurden, da suchten sie Trost in einer größeren Abhängigkeit von der Magie als zuvor. Wenn die reformierte Kirche ihre tiefen Glaubensbedürfnisse nicht befriedigen konnte und der alte Katholizismus mit seinen Riten ungesetzlich war und Menschen gehängt und verbrannt werden konnten, weil sie ihn übten, so wandte sich die unbewußte Sehnsucht einem älteren Kult zu, uralte Erinnerungen wurden aufgerührt, und die Geister, die in den heiligen Quellen, auf Berggipfeln und in Hainen, unter den Steinen und in den Höhlen der Erde hausten, gaben eine Antwort auf die innere Leere.

Der Klein-Adel, gebildet, wohlhabend – obgleich nicht unbedingt reich – war in seiner Mehrheit mit der neuen Ordnung zufrieden, zuckte aber duldsam die Achseln über den auf dem Land so häufigen Aberglauben. Er richtete keinen Schaden an. Manchmal war er sogar gut. Die Frau des Kuhhirten war der Natur näher als die Dame im Herrenhaus, und wenn diese Dame ein krankes Kind hatte, das die Ärzte nicht kurieren konnten, dann durfte die Kinderfrau ins Dorf gehen und ein älteres Heilmittel mitbringen. Eine bestimmte Kur gegen den Keuchhusten bestand darin, das Kind unter dem Bauch eines scheckigen Pferdes durchzuziehen, und da so ein Tier ziemlich selten ist, mag es erst einige Meilen entfernt zu finden gewesen sein. Der Besitzer kannte immerhin den Wert des Schecken, und dessen bloßer Besitz erhöhte das Ansehen des Eigentümers. Das Pferd konnte von Dorf zu Dorf geführt werden wie ein Hengst zur Deckzeit, während ängstliche Mütter vor die Türe ihres Häuschens eilten, das hustende Kind in den Armen.

Pocken und Masern wurden anders behandelt. Ein lebendes Huhn wurde in das Schlafzimmer des Patienten gebracht, hing mit dem Kopf abwärts von einem Balken, und die Federn wurden ihm ausgerupft. Binnen vierundzwanzig Stunden verließen die gefürchteten Flecken der Pocken oder die Masern den Kranken und übertrugen sich auf das noch immer lebende Huhn. Binnen kurzem wurde das Huhn schwarz, hatte Blutstauungen und starb nach einem letzten Kampf, während der Kranke das Fieber los und von seiner Krankheit befreit war. Dieses Mittel wurde noch bis in unsere Zeit angewendet.

Mancher Knabe, ob aus dem Herrenhaus oder aus der Hütte, konnte dadurch von einer Hernie geheilt werden, daß er vor Sonnenaufgang, ohne etwas gegessen zu haben, durch eine junge Esche kroch; manchem Kind, dessen Gaumen weiß von Entzündungen war, wurde von jemandem in den Mund geblasen, doch der Bläser durfte seinen eigenen Vater nicht gekannt haben – mußte mit einem Wort posthum geboren sein. Und so wurde das Kind geheilt.

Die Kuren gegen Warzen waren und sind auch heute noch zahlreich und verschiedenartig. Personen, die so eine Kur vollbringen konnten, waren als «Zauberer» bekannt, und das Geheimnis solchen Zaubers übertrug sich oft von einer Generation der Familie auf die nächste. Solche, die wiederholt wurden und von Mund zu Mund weitergegeben, erwiesen sich als wertlos; so mußten das Sammeln von neun Brombeerblättern, die man in

Quellwasser legte und dann auf die betroffene Stelle, oder das Einreiben der Warze mit einem Stück Fleisch, das man dann verbrannte und zerfallen ließ, während gleichzeitig die Warze verschwand, durch die Weitergabe des Zaubers seine Kraft verlieren. Ich kurierte mich selber von einer Warze an einem Finger, als ich von einem Zauber gehört hatte, der ästhetisch erfreulicher war als das Bestreichen mit nassen Brombeerblättern oder verdorbenem Fleisch. Die Warze, die ich viele Jahre gehabt hatte und die vom Druck der Feder beim Schreiben herrührte, verschwand binnen eines Monats.

Wenn Zauberer immer in ganz Cornwall gefragt waren und die Geschäfte des Ortsarztes und möglicherweise auch die des Pfarrers störten, schätzte man Hexen weniger und behandelte sie zumeist recht roh. Hexerei galt wie Zauberkunst als erblich, und wer im Ruf stand, diese Kraft zu besitzen, wurde von den Nachbarn mißtrauisch angesehen. Wenn man ihnen auf der Straße begegnete, war es das Beste, auf der rechten Straßenseite an ihnen vorüberzugehn, und hatte man das Pech von ihnen gesehen zu werden, so konnten den Unschuldigen böse Folgen befallen. «Behext» zu werden, war etwas, das man um jeden Preis vermeiden mußte. Das konnte Monate von Krankheit nach sich ziehen, das Vieh wurde auch krank, die Fische wollten nicht anbeißen, Pflanzen verdorrten, und das sicherste Mittel gegen solche Mißhelligkeiten war, von der Hexe selbst Blut zu nehmen. Dann war es mit ihrer Macht vorbei.

Wenn ein Ochse oder ein anderes Tier durch Behexung einging, so war es üblich, das Herz des Tiers herauszunehmen, es mit Nägeln und Nadeln zu bestecken und vor dem Feuer zu braten, bis die Nadeln, eine nach der andern, herausfielen. Die Hexe mußte, wie man allgemein annahm, mit dem bratenden Herz leiden und wurde dann gezwungen zu bekennen, was sie getan hatte. So wurde der Eigentümer des Tieres von der Behexung erlöst. Manche Dörfler in Cornwall wendeten sich an

Beschwörer oder Wahrsager, die, wie Medizinmänner in Afrika, durch geheime Mittel feststellten, wer eine Hexe war. Wie im Dschungel konnte bei solchen Gelegenheiten ein alter Groll beglichen werden.

«Hütet euch, schaut um euch, meine Nachbarn. Wenn einer von euch ein drehkrankes Schaf hat oder ein Schwein mit Ziegenpeter oder ein Pferd, das an Koller leidet, oder einen nichtsnutzigen Buben in der Schule oder ein Mädchen, das am Spinnrad faul war, oder eine trotzige junge Dirne und hat nicht Fett genug für ihr Mus oder Butter für ihr Brot, und die Epilepsie oder Krämpfe lehrten sie, die Augen zu rollen, den Hals zu krümmen, mit den Zähnen zu knirschen, in Zuckungen zu verfallen, dann haltet ihr die Arme und die Hände fest. Und wenn zufällig eine alte Mutter Nobbs sie 'müßige junge Hausfrau' genannt oder sie vom Teufel hat kratzen lassen, dann ist zweifellos die alte Mutter Nobbs die Hexe und das junge Mädchen von der Eule besessen.»

Eulen galten immer als unheilbringende Vögel. Auch Raben waren es, die über dem Hause krächzten oder eine gackernde Henne. Kissen, mit den Federn wilder Vögel gestopft, machten das Sterben lang und schmerzlich. Der Tod wartete auch auf die Ebbe der Gezeiten. Die Erscheinung einer Kröte auf der Türschwelle war ein sicheres Zeichen dafür, daß das Haus behext war, und dann mußte die Kröte einen besonders barbarischen Tod erleiden. Bis zum heutigen Tag empfängt ein unerwünschter Hund, eine unerwünschte Katze, wenn krank oder bösartig, nicht unbedingt die Behandlung des zuständigen Tierarztes. Das Tier wird «der Klippe gegeben», das heißt lebend in einen Sack gesteckt und ins Meer geworfen. Ein Schaf oder ein Ochse, die allzu nahe am Felsenrand streifen, hinunterfallen und verschwinden, sind auch, wie es heißt, «zu den Klippen gegangen», zusammen mit anderm Abfall, mit Kehricht, mit alter Streu, zerbrochenen Kamingittern.

Mit Wahnsinnigen wurde in früheren Zeiten nicht besser verfahren als mit kranken Tieren oder Hexen, denn die Behandlung war, sie in Weiher zu werfen. Der berühmteste Weiher lag unterhalb von St. Nunne's Well in Altarnun; er ist jetzt leider ausgetrocknet und nichts ist übrig als schlammige Weide, denn der Bach ist vor wenigen Jahren abgelenkt worden. Carew beschrieb das ausführlich in seiner «Besichtigung von Cornwall», und die Stelle verdient zitiert zu werden: «Das Wasser, von St. Nunne's Well abfließend, fiel in einen viereckigen, ummauerten Raum, der zu beliebiger Tiefe gefüllt werden konnte. Auf diese Mauer stellte man den wahnsinnigen Menschen mit dem Rücken zum Weiher, und von dort, durch einen heftigen Schlag gegen die Brust, fiel er kopfüber in den Weiher, wo ein für diesen Zweck ausersehener starker Bursche ihn auffing und ihn immer wieder ins Wasser tauchte, bis der Patient, dem die Kräfte schwanden, seinen Wahnsinn einigermaßen verloren hatte. Dann wurde er in die Kirche geführt, und bestimmte Messen wurden über ihm gesungen. Wenn nach dieser Behandlung sein gesunder Geist zurückkehrte, gebührte St. Nunne der Dank. Wenn sich aber nur eine geringe Besserung zeigte, so wurde er abermals und abermals ins Wasser geworfen, solange noch in ihm die kleinste Hoffnung auf Heilung vorhanden war.»

Personen, die vor dem Tod eine Unbill erlitten, entweder körperlich oder durch die Bosheit eines Nachbarn, konnten, wie man meinte, nie in Frieden ruhen, sondern nahmen die Gestalt eines weißen Hasen mit brennenden Augen an, vor dem Hunde und andere Tiere heulend davonliefen. Der Hase war tatsächlich der bestgehaßte von allen Vierfüßlern, sowohl im westlichen wie im östlichen Cornwall, denn trug er in sich nicht den Geist einer toten Frau oder eines toten Mannes, so war er die Metamorphose der nächsten verdächtigen Hexe, zumal wenn sie zufällig alt, häßlich, verdrossen oder, noch wichtiger, lahm war. In einem Kirchspiel gab es einen Hasen, dem man nachsagte, er besitze weit mehr als normale Eigenschaften. Er spottete der Verfolgung und täuschte die Hunde. Dann, eines Tages, von einer Schar von Jägern gehetzt, wurde gesehen, wie er um einen Hügel verschwand, und als die Verfolger ihn einholten und über die schützenden Felsen kletterten, entdeckten sie keinen Hasen, sondern ein häßliches altes Weib, das an einem Fuß lahmte und zudem noch keuchte wie nach einer harten Jagd. Nachher wurde ein Ochsenherz gebraten, um festzustellen, ob das Weib blutete.

Der Hase und später das Kaninchen waren den Fischern so ein Greuel, daß ihre bloße Erwähnung, wenn man auf hoher See war, Angelschnüre und Netze durcheinander brachte oder die Fische verscheuchte. Das mußte ich selber erfahren, als ich mit einundzwanzig Jahren versuchte, vor der Lantic Bay, in der Nähe von Fowey Schellfische zu fangen. Das Wetter war schlecht, und mit einem Blick auf die nahen Klippen sagte ich zu meinem Gefährten, dem cornischen Fischer, der mich auf solchen Fahrten begeleitete, wir hätten besser getan, an Land zu bleiben und Kaninchen zu jagen. Zu meiner Überraschung zog er die Lippen kraus und holte unsere Angelschnüre ein.

«Damit ist's fertig», sagte er. «Heute fangen wir keinen Fisch.»

Bekümmert schüttelte er den Kopf und steuerte das Boot an den Strand. Ich hatte das verhängnisvolle Wort ausgesprochen.

Solche Formen des Aberglaubens, die kein vernünftiges Zureden zerstören kann, überleben darum bis zum heutigen Tag gleichzeitig mit den Freudenfeuern am Abend vor Johannis, mit «die letzte Garbe rufen» bei der Ernte – wenn die letzten Halme der Weizenernte zu einem Bündel zusammengebunden und vom triumphierenden Schnitter mit dem Ruf heimgetragen werden «Ich habe sie, ich habe sie, ich habe sie!» Worauf seine Gefährten schreien: «Was hat er?» Und der Schnitter erwidert: «Eine letzte Garbe, eine letzte Garbe, eine letzte Garbe!» Dann wird das Bündel in die Küche des Bauernhauses getragen und hängt bis zum nächsten Jahr an einem Balken. Schleuderball wird noch immer am Fastnachtsdienstag in St. Colomb gespielt, und zwar von den Stadtleuten gegen die Landleute. Ein silberner Ball wird in die Luft geworfen und um ihn auf den Wegen und auf der Landstraße gekämpft. Beim sogenannten «Kettentanz» am 8. Mai in Helston regt sich die ganze Bevölkerung und tanzt in und aus den Häusern der Nachbarn, und das Schlagen des Steckenpferdes in Padstow am Maimorgen ist eine heidnische Sitte, wenn es je eine gegeben hat. Ein Mann, mit einer schwarzen Plane bedeckt, die ein glockenförmiges Zelt bildet, eine schnappende Maske vor dem Gesicht, einen bemalten Hut auf dem Kopf, stürmt auf die gaffende Menge um ihn, verprügelt von seinen verkleideten Begleitern. Hier ist etwas Älteres als der biblische Sündenbock: der Winter mit all seinen Übeln wird aus unserer Mitte vertrieben. Diese unschuldigen Vergnügen waren die Freude von zahllosen Jahrhunderten, während die düstereren Bräuche oft verschwiegen und nicht besungen werden.

Der gläubige Cornwaller bedurfte eines Ventils für seine Gemütsbewegungen, und das fand er nicht bei der festgelegten Kirche. Die Pfarrer der Kirchspiele waren allzu oft Verwandte des örtlichen Gutsbesitzers oder Landedelmannes, und das verband sich im Denken des Volkes mit dem Begriff des Klein-Adels. Gottesdienste waren langweilig, Predigten wiederholten sich und waren öde, und das Volk, das in überfüllten Hütten von frugalen Mahlzeiten lebte, fand an dem lang hinausgezogenen Sabbathtag wenig zu tun.

Als dann John Wesley im Jahre 1743 westwärts reiste, traf er Cornwall wie ein Wirbelsturm, stürzte die Werte um, verwirrte die angeblich Gläubigen, empörte die Pfarrer, beunruhigte die Gutsbesitzer, rüttelte das Volk zu einem lebendigen

Bewußtsein nicht nur seiner Mängel auf, sondern auch seines Wertes, wenn es seine Sünden bereute, und zu dem Bewußtsein eines allgegenwärtigen und lebendigen Gottes. Zunächst verärgert, dann neugierig, schließlich aber nach seiner Lehre strebend, strömten die Leute herbei, um diesen donnernden Prediger mit seiner wilden Botschaft anzuhören, der doch so klein war, daß er auf einen Felsen steigen mußte, um gehört zu werden. Hier war ein Mann, der keinen Unterschied der Personen anerkannte, der nach der Seele des Fischers oder des Bergmanns griff, ohne auf ihren niedrigen Stand zu achten, der sie in ihren Heimen aufsuchte, der die Kinder segnete und, aufregender, verheerender noch, alle Schrecken des Höllenfeuers in ihre stumpfen Herzen brachte. Bereuen... bereuen... der See aus Schwefel erwartete jene, die Gottes Wort nicht hören wollten, ewige Qual, das Grauen der Verdammten, doch für die Männer, Frauen und Kinder, die sich ihrer Sünden entledigten, die ihre Missetaten bekannten, würde es Barmherzigkeit, Vergebung und die ewig geöffneten Arme geben.

Das war es, dessen das Volk von Cornwall bedurfte. Hier war das ersehnte Ventil – Tränen, Klagen, sich auf die Brust schlagen, auf die Knie fallen, die Erleichterung der Beichte, gefolgt von den Freuden des Heils, und das Anstimmen der Gesänge. Die große Erweckung hatte begonnen.

Wesleys Triumph, der in den folgenden Jahren Welle um Welle von Bekehrten aufrief, verlief nicht ohne Widerstand. Die Geistlichkeit sah in ihm einen unberufenen Eindringling, ein großer Teil des Klein-Adels war auch dieser Meinung, und Gerüchte, die sich in Cornwall rascher verbreiten als sonstwo in England, wollten wissen, daß der Prediger ein Anhänger Charles Edward Stuarts war, des jungen Thronprätendenten, ja, daß dieser Anwärter auf die Krone der Hannoveraner sich verkleidet hatte, um sich Wesleys Gefolge anzuschließen, und unter einem angenommenen Namen im Land lauerte.

Zinngräber, immer zu jeder Rauferei bereit, sammelten sich vor den Häusern, darin Wesley predigen sollte, und bemühten sich, ihn niederzuschreien – nicht aus Feindseligkeit, sondern lediglich des Spaßes halber. Tatsächlich waren sie die Ersten, die seinen zwingenden Worten erlagen, die Ersten, die auf die Knie sanken.

«Es ist bemerkenswert», schrieb der Prediger in sein Tagebuch, «daß jene in St. Just die Ersten in dem ganzen Land beim Schleuderballspiel, beim Raufen, Trinken und jeder Art von Bosheit waren; doch viele der Löwen werden zu Lämmern, preisen beständig Gott und rufen ihre alten Genossen der Sünde, zu kommen und miteinander den Herrn zu preisen.»

Während der nächsten vierzig Jahre besuchte Wesley unablässig Cornwall, und trotz gelegentlichen Aufständen, Rückschlägen und Gegnerschaften einer Minderheit durfte er wohl, als er, ein Mann von sechsundachtzig, im Jahre 1780, zum letzten Mal erschien, gefühlt haben, daß er eine wahre Revolution geweckt hatte. Er hatte nicht nur durch seine magnetische Kraft die Herzen des Volkes gewonnen, sondern seine Botschaft haftete. Er hatte in weitem Ausmaß die Gleichgültigkeit, die Verzweiflung, die allgemeine Gesetzlosigkeit überwunden, die er bei so vielen angetroffen hatte; nein, er hatte ihnen neue Hoffnung, neuen Glauben an die Zukunft gegeben. Genau wie die «Zinner» in der alten Zeit sich als eine abgesonderte Zunft und von ihren Mitmenschen verschieden betrachtet hatten, so verbanden sich die Methodisten in eine Gemeinschaft, die sich fast vollständig aus den weniger begüterten Mitgliedern der Gesellschaft rekrutierte. Es war eine Wiedergeburt des Stolzes auf die Arbeit, der Würde des Lebens, von Ruhe und Verständnis im Hause. Die Plage der Trunkenheit nahm ab, der Strandraub gehörte der Vergangenheit an, und obgleich die schlimmsten Mißgeschicke des Zinngrabens erst am Ende des achtzehnten und neunzehnten Jahrhunderts eintreten sollten, war es weitgehend die Folge von Wesleys Predigten, Wesleys Lehre der Liebe, des Ertragens und des Gehorsams gegenüber dem Wort Gottes, daß jene, die er gewonnen hatte, und ihre Nachkommen den Kampf mit solchem Mut bestanden.

Die Kapellen, welche die Methodisten bauten, sind über ganz Cornwall verstreut. In jedem Dorf, in jeder Stadt ist eine. Manche sind schlicht, einfach, Merkmale der rauhen Landschaft, die sie zeugte. Andere, später gebaute, sind weniger eindrucksvoll, weil sie sich einem viktorianischen Stil anpassen, dem es an Geschmack fehlte. Immerhin sind selbst diese typisch für ein Volk, das seine eigene Form der Religionsübung in seinen eigenen Versammlungshäusern begehrte und sich keinem Diktat, keiner Autorität einer herrschenden Klasse unterwarf.

Der berühmteste der frühen Predigtplätze ist Gwennap Pit bei Redruth, der Sitz einer nicht mehr ausgebeuteten Mine, wo John Wesley Tausende in freier Luft bekehrte. Hier fand seit seinem Tod an jedem Pfingstmontag ein methodistischer Gottesdienst statt. Gwennap war auch das Heim eines in Cornwall geborenen Evangelisten, des Bergmanns Billy Bray, den alle seine Kameraden liebten, und der es nicht scheute, die ganze Woche unter Tag zu arbeiten und dann am Sonntag mehr als zwanzig Meilen zu wandern, um in einem fernen Dorf zu predigen. Männer wie diese – und er hatte zahlreiche Nachfolger – waren die wahren Begeisterten, lebten das Evangelium in ihrem Alltagsleben, predigten, übten das Christentum mit der ganzen Glut der frühen cornischen Heiligen.

Unvermeidlich erlitt mit dem Wechsel der Jahre die tiefe Bewegung, die echte Schlichtheit der großen Wiederbelebung eine Veränderung. Wohlhabendere Mitglieder der Gemeinde wurden Frömmler, Kaufleute, Händler, Ratsmitglieder. Der Methodismus war respektabel geworden. Was als eine spontane, wahrhaft gefühlsmäßige Reaktion des einfachen Arbeiters begonnen hatte, entwickelte sich zu etwas weniger Dynamischem, und die erste frische Wirkung hatte ihre vormalige Kraft eingebüßt. Noch immer drohte das Höllenfeuer, doch die nachbarliche Liebe blühte weniger. Gesichter, die vor Eifer geglüht hatten, zeigten jetzt säuerliche Mißbilligung. «Du mußt» wich dem «Du darfst nicht». Sonntag war nicht so sehr ein Tag der Ruhe als ein Tag der Verdammnis. Natürlich keine Arbeit – aber auch kein Spiel. Keine Liebelei auf den Wiesenpfaden. Kein ruhiges Angeln. Keine Ringkämpfe hinter den Bergen. Kein anderes Buch durfte gelesen werden als die Bibel. Zuviel verzogene Lippen, zuviel scheele Blicke nach jungen Frauen, die gern ein wenig Putz trugen oder einen schmucken Hut.

In unserem Jahrundert haben, wie im übrigen Land, zwei Weltkriege und eine Hebung des Wohlstands, verbunden mit dem Anwachsen des Fremdenverkehrs den Sonntag zu einem Ferientag für alle gemacht. Der Besuch der Kirche ist nicht, was er war, gewiß, sondern Männer, Frauen, Kinder gehen ins Freie und fürchten den Schwefelsee nicht mehr. Der Wechsel von einer engen Anschauung zu der Schätzung einer weiteren Welt ist ein glückliches Ergebnis, vorausgesetzt, daß der Einwohner von Cornwall seine Eigenart nicht verliert. Das muß die Gnade sein, die ihn rettet, das jener von Aberglauben umhüllte Kern der Gemütsbewegung, die allezeit in seiner Seele wohnt. Noch immer gibt es Freudenfeuer am Abend vor Johannis, noch immer Quellen unter den verschlungenen Zweigen des Dornbuschs, wo Votivgaben erwartet werden. Warzen wachsen aus der Haut und müssen «bezaubert» werden, Stimmen rufen vom Meer her und wollen befriedigt sein, und ein Spaziergang im Winter über die Hügel kann noch immer einen Hasen aufscheuchen, der, bevor er in die Deckung schlüpft, den Wanderer mit brennenden Augen mustert.

X.

Abseitige

Der Geist der Unabhängigkeit, allzeit ein so ausgeprägter Zug im cornischen Charakter, vermochte sich auch, wurde er in Einsamkeit genährt, bis zur Abseitigkeit zu steigern. Von den frühesten Zeiten an gab es auf der Halbinsel Abseitige im Überfluß, die ersten Heiligen waren unter den bemerkenswertesten, zumal in der Art ihrer Ankunft aus Irland. St. Piran soll am Strand von Perranzabuloe auf einem Mühlstein erschienen sein, an den ihn die Heiden in seinem eigenen Land gebunden und dann von einer Klippe hinuntergeworfen hatten, während St. Ia, die heilige Begründerin von St. Ives und Tochter eines irischen Häuptlings, auf einem Blatt gelassen in die Mündung des Hayle einfuhr. St. Petroc, Sohn eines Waliser Königs, landete auf orthodoxere Art mit sechzig Anhängern im Fluß Camel, doch seine erste Tat war, wie Moses, Wasser aus einem Felsen zu schlagen, und er lebte ein Leben größter Entsagung bei Padstow, bevor er nach dem Osten reiste, wo er sich, der Sage nach, sieben Jahre lang von einem einzigen Fisch nährte. St. Gennys war ein Märtyrer, der die ungewöhnliche Fähigkeit besaß, nach der Enthauptung den Kopf in den Händen zu tragen, und St. Keyne, die im siebenten Jahrhundert von Somersetshire nach Cornwall kam, war berühmt dafür, daß sie Nattern in Steine verwandeln konnte. «Diese Frau», bemerkt der Historiker Hals, «wäre jetzt in Cornwall sehr erwünscht, wo es von Nattern und Schlangen wimmelt, die eine große Gefahr für Mensch und Tier sind».

Die Namen der Orte wurden oft mit den Namen von Heiligen und Pilgern verwechselt; so das Kirchspiel Roche, von einer mächtigen natürlichen Felsenformation in seiner Mitte beherrscht – daher hat es wohl seinen Namen – soll angeblich vom heiligen Roche gegründet worden sein, der, in Montpellier in Frankreich geboren, mehrere Leute von der Pest heilte, selber daran erkrankte und sich in einen Wald zurückzog, um seine Nachbarn nicht anzustecken. Er lebte von der Gutherzigkeit eines Hundes, der ihm täglich einen Laib Brot brachte. Er wiederum wurde mit einem andern Eremiten verwechselt, der seine einsame Zelle auf dem Felsen hatte, denn er war «mit einem argen Aussatz behaftet», und für ihn sorgte seine Tochter Gunett oder Gundred, die ihm aus einer nahen Quelle das Wasser holte.

Ein anderer Einsiedler war St. Nectan, der dem Wasserfall und der Schlucht, wenige Meilen von Tintagel entfernt im Landesinnern, seinen Namen gab. Hier, oberhalb des Wasserfalls, der etwa vierzig Fuß oder mehr in das Becken darunter hinabrauscht, bevor er sich als gewundener Bach seinen Weg durch das Waldland bahnt, um schließlich in die tiefe Schlucht, genannt Rocky Valley, zu stürzen, soll der Einsiedler sein Heim gehabt haben und liegt, wie man glaubt, unter den flachen Steinen des Beckens oder «Kieve» begraben, auf die das Wasser sich ergießt. Die Straße von Boscastle nach Tintagel durchschneidet das Tal, überquert den Bach, und heute, im Sommer, da Tintagel ein Touristenzentrum geworden ist, das an Beliebtheit mit Land's End wetteifert, würde der Einsiedler seine Abseitigkeit gestört finden. Im Winter allerdings nicht. Sowohl Rocky Valley wie St. Nectans Schlucht kennen dann die ganze Einsamkeit, die der leidenschaftlichste Pilgrim sich nur ersehnen kann.

Rocky Valley hat, trotz dem Namen, der eine schwierige Kletterei zu verheißen scheint, einen Weg, der sich verhältnismäßig bequem zum Meer hinunter windet und ohne Gefahr für das Herz und die Glieder begangen werden kann; doch die Steilheit des Abstiegs, die Rauheit der beiderseits hochgetürmten Klippen, die dunkle, schlüpfrige Oberfläche der Felsen selbst, das alles bedroht den Abenteuerlustigeren, der sich hinauf und hinunter wagt, um einen Blick auf den rauschenden Bach zu werfen. Die Enge der Schlucht zwingt das von den Winterregen geschwellte Wasser rascher zu fließen, und weiß vor Schaum windet und wälzt es sich über sein steiniges Bett bis zu einer plötzlich und für einen Augenblick glatten Oberfläche, von der es dann aus dem Canyon ins offene Meer stürzt. Hier ist keine Bucht, die seinen Fall auffängt, kein Stückchen Strand, kein Kies wie in Marsland Mouth. Der volle Schwall des Ozeans schlägt gegen die Klippen, immer tobend, immer grau, wie die Felsen den Sturzbach umschließend, bei Flut oder bei Ebbe das jäh strömende Gewässer aus dem Rocky Valley erwartend.

Wenn es hier war, wo der Einsiedler vor Jahrhunderten wanderte, so hat sich nichts verändert. Das ununterbrochene Dröhnen des Wassers ist gleich geblieben, ebenso der Sturz des Schaums in das Meer, ebenso die schlüpfrige Oberfläche der Felsen, die, ob Winter, ob Sommer, nie trocknet. Der Ort hat die Unpersönlichkeit von etwas, das sich stolz von der Menschheit, ja, vom Leben selbst trennt. Hier gibt es keine Möwen, die auf Felsvorsprüngen oder Klüften hocken, kein Schaf grast auf dem Hochland dahinter. Die Kraft des Ganzen ist aufragender, harter Fels, der den elementaren Ansturm des Wassers herausfordert. Vielleicht war es das, was den Eremiten gelockt hat, von seiner Zelle weiter oben im Tal hierher zu wandern, im Bestreben, die Gleichgültigkeit der Natur mit einem allsichtigen, gütigen Gott zu versöhnen.

Seewärts findet sich kein Durchlaß für den Wanderer, der sich umwenden und zu der Straße zurückklettern, sie überqueren und durch das bewaldete Tal auf die Suche nach St. Nectans Wasserfall gehn muß.

Der Schauplatz wechselt, die rauhe Größe verschwindet. Die eng beisammenstehenden Bäume tropfen Schwermut, sie werden immer dicker und dichter, und der Bach schlängelt seinen Weg durch Unterholz und durchsickertes Moos. Die Luft ist selbst im Winter bedrückend und von Dampf beschwert. Da und dort bilden Schrittsteine eine Furt durch den Bach, doch nach einem nassen Winter werden sie verschoben, weggerissen, und da gibt es keine andere Möglichkeit, als den Bach zu überspringen, wenn der Wanderer behend genug ist, oder sich verzweifelt an den überhängenden Ast eines verdorrten Baumes zu klammern und eine Weile zu schwingen wie Absalom, bevor man den entscheidenden Sprung an das andere Ufer wagt. Überall finden sich morsche, mit Schwämmen gefüllte Baumstämme, die unter der Berührung muffigen Geruch ausstrahlen, und was es da von einem Pfad gibt oder gab, ist von Dornen überwachsen und führt doch dauernd aufwärts durch die Schlucht zu dem Tosen des fernen Wasserfalls. Verzweiflung packt den Wanderer. Er wird es nicht schaffen, mit pochendem Herzen stellt er fest, daß vier Uhr schon vorbei ist und die Dämmerung nicht mehr weit, die im Wald früher hereinbricht als im Freien. Und überdies, was geschieht, wenn der verwesende Ast, der als Geländer dient, auf dem Rückweg brechen sollte und ein greulicher, brusthoher Sturz ins hochangeschwollene Wasser das Ergebnis ist?

Doch wie das Kind Roland in dem Gedicht von Browning in den dunklen Turm kam, so muß er weitergehn, nichts anderes bleibt ihm übrig. St. Nectan wird zu einem Mythus, aber seine Zelle könnte wenigstens eine Ruhestatt bieten. Oder etwas weniger Einladendes vielleicht. Denn der Wanderer erinnert sich an eine andere, spätere, mit dem Tal verbundene Sage, die nicht älter als anderthalb Jahrhunderte ist und die ganze Übertreibung, doch auch die Echtheit vom cornischem Schwatz zu seiner besten Zeit enthält.

Einst gab es, wie die Geschichte wissen will, zwei Frauen, die zu St. Nectans Zelle kamen, als sie noch bewohnbar war – eine

Hütte, wie es heißt, dort erstellten, wo der Einsiedler lebte. Die Bewohner von Bossiney, dem nächsten Dorf, wußten nichts von diesen Frauen, kannten weder ihre Geschichte, noch wußten sie, woher die beiden kamen. Nicht einmal die Namen waren ihnen bekannt. Man nahm an, daß sie von adliger Geburt waren, denn ihr Benehmen war ernst und würdig, und sie bezahlten, was sie kauften, doch sie ermutigten die Menschen nicht zu Fragen, noch frugen sie selber irgendwen, nein, sie blieben Monat nach Monat in ihrer Hütte am Wasserfall still und distanziert. Sie hatten keine Magd und empfingen keinen Besucher, und man stellte fest, daß sie, falls sie ins Dorf kamen oder durch das Tal gingen, nie ohne einander gesehen wurden. Ein Argwohn wuchs. Unter den Dörflern hieß es, daß sie eine unbekannte Sprache sprächen, daß sie nur ganz leise flüsterten, als fürchteten sie, gehört zu werden, und daß diese Sprache ganz gewiß teuflischen Ursprungs sein müßte, daß die beiden, wenn sie allein waren, mit bösen Geistern Umgang pflegten. Immerhin war kein Dörfler behext worden. Keiner konnte ihnen irgendeine Hexerei nachweisen. Nicht einmal eine wilde Katze kreuzte die Schwelle der Hütte, ein Tier, das ihnen vertraut gewesen wäre. Was immer auch die Damen taten, sie taten es allein.

Schließlich wollte ein Gerücht wissen, daß eine von den beiden gestorben war, und da die Neugier zu stark wurde, um sich unterdrücken zu lassen, wanderten die nächsten Nachbarn das Tal aufwärts, um festzustellen, ob es stimmte. Ausnahmsweise hatte das Gerücht nicht gelogen. Die Nachbarn drangen in die Hütte ein und fanden die eine der beiden Damen weinend neben dem Bett ihrer Freundin. Die Freundin war tot. Wie lang sie krank gewesen, seit wann sie tot war, ließ sich nicht entdecken. Die Überlebende gab keine Auskunft, antwortete auf keine Fragen, sah nicht einmal auf, als die Nachbarn sie baten, um ihrer selbst willen zu sagen, was sie wußte oder wenigstens irgendwelche Anordnung für die Bestattung zu treffen. Nichts als Schweigen und stummes Weinen. Endlich wurde unter den Nachbarn vereinbart, daß die Leiche aufgehoben und aus der Hütte geschafft werden sollte. Und dann würde man sie nach dem üblichen christlichen Brauch begraben. Dieses Vorgehen der Nachbarn müßte doch bestimmt die Weinende von ihrem Stuhl neben dem Bett aufrütteln. Doch die Wirkung blieb aus. Sie ließ zu, daß die Leiche ihrer Freundin fortgetragen wurde. Es war dunkel geworden, und niemand hatte Lust zu bleiben; und so ließ man denn die Überlebende in ihrem Stuhl. Vielleicht würde der Morgen sie zur Besinnung bringen, meinte man, und sie würde ins Dorf hinuntergehn, um Auskunft zu geben oder wenigstens Lebensmittel zu holen.

Tage vergingen, doch sie verließ die Hütte noch immer nicht. Die Leute im Tal warteten und glaubten, schließlich werde sie kommen. Sie schlichen zum Fenster und spähten hinein, aber sie hatte sich nicht gerührt. Vielleicht, glaubte man, brauchte sie keine Speise, sondern wurde auf irgendeine geheimnisvolle Art von Mächten anderer Regionen versorgt, und wenn man da eingriff, könnten sie alle vom Unheil befallen werden.

Eines Morgens spähte ein Kind, kühner als die andern, durch das Fenster und sah, daß die Dame noch regloser dasaß als sonst, die Hand hing steif vom Stuhl herab, das Taschentuch, das sie zu halten pflegte, war auf den Boden gefallen. Das Kind lief heim und meldete, was es gesehen hatte. Abermals stiegen die Nachbarn das Tal hinauf zu der Hütte und traten ein. Sie fanden die Überlebende der beiden Freundinnen steif und kalt auf ihrem Stuhl, die Augen weit offen, der Körper von den Entbehrungen zum Skelett abgemagert. Sie nahmen sie auf und begruben sie, wie sie ihre Freundin begraben hatten, ohne daß man damals oder später die wahre Geschichte der Damen von St. Nectans Schlucht gekannt hätte.

Kaum eine Geschichte für einen feuchten Spaziergang im Winter, wenn ein verrenkter Knöchel den Wanderer in einen verzweifelten Zustand versetzt, und nur die Bäume ihm Schutz bieten. Schon rauscht der Wasserfall laut und klar, das Denken betäubend, und durch den Eindruck des Kletterns, Rutschens, der Tod in jedem Schritt drohend, wird der Sturzbach wahrgenommen, kalt und unpersönlich wie jener andere Wasserfall im Rocky Valley; doch während der zweite in wilder Hast hinunterstürmt, um das Meer zu erreichen, hat dieses Gewässer einen majestätischeren Fluß, weiß wie der Bart des lieben Gottes und unerschütterlich in St. Nectans «Kieve» dort unten plätschernd.

Eine Stimme von den vorspringenden Felsen darüber ruft: «Nicht ohne Erlaubnis photographieren!» Der Heilige höchstselbst? Hat die Furcht ihr Schlimmstes getan und seinen Geist beschworen? Eine Antwort beruhigt und hat die entgegengesetzte Wirkung. St. Nectans Zelle oder vielmehr ihr Standplatz ist jetzt das Heim, nicht von zwei einsamen Frauen, sondern von einem helläugigen Ehepaar aus Weston-super-Mare, das die verfallende Hütte gekauft und renoviert hat und jetzt in der Sommersaison den Touristen den Wasserfall zeigt. Tee wird angeboten und dankbar angenommen, und man wechselt freundliche Worte. Der Gatte verschwindet, um die Küche zu streichen, die Gattin läßt den Wanderer wissen, daß sie zum Spiritismus neigt. Mitternachts ist ein Pochen hörbar. Bei Vollmond hallen Schritte. So ist also die Geschichte von den beiden Freundinnen wirklich wahr? Ja, aber in einer andern Version, die anscheinend jenen Touristen besser entspricht, die das Wasser in St. Nectans «Kieve» strömen sehen wollen. Die Damen waren St. Nectans Schwestern und waren um ihn besorgt. Alle drei liegen in dem Becken unterhalb des Falls begraben. Nein, die Knochen sind nie gefunden worden; dennoch heißt es, daß sie unter den Steinplatten ruhen.

Der Wanderer zieht, enttäuscht, die Version vor, die Wilkie Collins bekannt war, als er im Jahre 1850 die Schlucht erklomm, und Mr. White aus London, der 1854 das Gleiche tat. Die Geschichte, wie man sie ihnen erzählte, war nicht mehr als ein halbes Jahrhundert alt. Die Damen standen damals in keiner Verbindung mit dem sagenhaften Heiligen. Sie waren abseitig und suchten die Einsamkeit lediglich darum, weil sie die Einsamkeit liebten.

Noch eine weitere Enttäuschung steht bevor. Es ist überflüssig, die unsicheren Schritte wieder durch die Schlucht zu lenken. Es war sogar überflüssig, durch die bewaldete Schlucht zu dem Wasserfall hinaufgeklettert zu sein. Von der Hütte führt ein Pfad durch die Felder und über einen Zauntritt zu der Hauptstraße. In fünf Minuten ist man dort. Die beiden Damen mußten diesen Weg nach Bossiney genommen haben, wenn sie ihre wöchentlichen Einkäufe erledigten, und am Ende sind sie überhaupt nie in das Tal gewandert. Die Enttäuschung ist vollständig, obgleich der Glaube an die Abseitigkeit bestehn bleibt.

Kein Zweifel ist an der Identität von Daniel Gump, einem Steinschneider von Beruf, geboren im Kirchspiel Lezant, im Bezirk East Wivel, nahe dem östlichen Rand der Moore von Bodmin. Er hatte eine Leidenschaft für Mathematik und Astronomie, trennte sich von seinen Mitbürgern und deren herkömmlichen Lebensformen und begann ein neues Dasein an einer Stelle unweit der großen Felsenformation, genannt der Cheesewring. Hier grub er einen Spalt in die Felsen, erweiterte einen schon vorhandenen Schlupfwinkel, der, von einer Steinplatte bedeckt, eine natürliche Höhle bildete. Sie war groß genug, um ihn, seine Frau und seine Kinder zu beherbergen, wenn sie sich seitwärts hineinrollten. Er verließ sie nie, und seine Familie auch nicht, solange sie lebten.

Menschen, die von ihresgleichen getrennt zu leben oder zu sterben wünschen, neigen dazu, sonderbare Bauten zu errichten, und so ein Mensch war Sir James Tillie, der in der Burg Pentillie am Ufer des Tamar, unweit der Gemeinde St. Mellion lebte. Er baute sich einen Turm, genannt Mount Ararat, nördlich von der Burg, und als er im Jahre 1712 starb, fand man in seinem Testament die Bestimmung, daß dies seine Begräbnisstätte sein solle. Sein Körper solle mit Eisen an seinen Stuhl befestigt werden, ihm solle man seine besten Kleider anziehen und auf den Kopf die Perücke und den Hut setzen. Neben ihn solle man eine Eichentruhe mit all seinen Büchern und Papieren stellen, denn binnen zwei Jahren würde er wiederauferstehen und in die Burg Pentillie zurückkehren. Seine Weisungen wurden befolgt, doch ach, mit seiner Voraussage stand es übel. Binnen zwei Jahren war der Leib Sir James' von Würmern gefressen, sein Skelett war von dem Stuhl gefallen und Perücke und Kleider waren gleichfalls zu nichts geworden. Seine Überreste sind heute in dem Turm, aber leider nicht sichtbar, sondern in einem Sarg.

Der Reverend Hawker von Morwenstow in Stratton, der wegen seiner Bemühungen berühmt wurde, das Leben schiffbrüchiger Seeleute zu retten, von denen viele auf seinem Kirchhof bestattet sind, und deren Gräber eine Galionsfigur kenntlich macht, kann gerechterweise nicht als abseitig bezeichnet werden; andere, uns zeitlich nähere Geistliche verdienen diesen Namen weit mehr. Wenn ein Pfarrer anfängt zu spinnen, so tut er das ausgiebig, und zumal wenn er in Cornwall lebt, so kann man sagen, daß er es an Gründlichkeit nicht fehlen läßt. Ob sich ihm das Klima in die Knochen setzt, oder ob ihm kürzlich die Methodisten seine Herde gestohlen haben und er dadurch mehr Zeit hat, allein mit dem Allmächtigen Zwiesprache zu halten, das kann man kaum entscheiden. Bei den in der Frömmigkeit Aufgewachsenen bewirkt die Absonderung seltsame Dinge.

Vor einigen Jahren war in einer Gemeinde am Fluß Fal ein Pfarrer, dessen Eigenart es war, tagsüber zu schlafen und seine Pfarrkinder nachts zu besuchen. Das erwies sich als recht verwirrend für jene, die, fest eingeschlafen, jäh erwachten, weil eine Glocke läutete oder kräftig an die Türe gepocht wurde; in der Furcht vor Dieben stiegen sie die Treppe hinunter und sahen einen unbefangenen, lächelnden Pfarrer vor sich, der eine Stunde schwatzen und eine Tasse Tee trinken wollte. Der Pfarrer war unverheiratet und lebte mit seiner Schwester zusammen, die ihn bei seinen nächtlichen Streifzügen begleitete, seine größte Freude aber war es, von Mitternacht angefangen auf der Kirchenorgel zu spielen, und jeder Dörfler, der nachts zufällig noch im Freien war, hörte lautes Gedröhne aus der Kirche. Wenn er den Mut hatte, einen Blick hineinzuwerfen, so konnte er den Pfarrer selbst sehen, der an der Orgel saß und triumphierende Melodien erklingen ließ, während seine Schwester schlafend in einem der Kirchenstühle eingerollt kauerte.

Dieser Pfarrer war jedenfalls glücklich und hatte seine Schwester zur Gefährtin, doch ein anderer, weiter im Norden, blieb als Witwer mit zwei kleinen Töchtern zurück, und da sein Pfarrhaus an Farmbaulichkeiten stieß, die unter seiner Hut standen, hielt er es für das Beste, seine Kinder in der Scheune aufwachsen zu lassen mit Hähnen und Hennen, denn hier konnte ihnen, wenn er im Dienst seiner Kirche fort war, nichts Böses zustoßen, und sie hatten das Geflügel als Kameraden. Diese Idee mochte in der Theorie vernünftig sein, versagte aber in der Praxis, denn Hühner sind kümmerliche Lehrmeister, es sei denn für ihren eigenen Nachwuchs, und die beiden Mädchen wurden Backfische und hatten nur geringe oder gar keine Kenntnis vom Leben außerhalb der Scheune. Sie waren, als die Art ihrer Unterbringung endlich entdeckt und andere Einrichtungen getroffen wurden, wenn nicht gerade verdorben, so doch wenig angepaßt für eine Welt, darein sie aus verstörten Augen blickten.

Der abseitigste unter den Pfarrern von Cornwall, nicht in der Grafschaft geboren und von allen der einsamste, war der Reverend Densham von Warleggan, der im Jahre 1920 in seinen Sprengel kam. Warleggan, fern und einsam in West Wivel, im südöstlichen Teil des Moors von Bodmin gelegen, hatte hundert Jahre zuvor ein Unglück betroffen, als ein Blitz bei einem Sturm in den Kirchturm einschlug und ihn zu Trümmern zerschmetterte. Der Geistliche, der gerade durch den Kirchhof ging, blieb nur knapp von den fallenden Steinen verschont. Dieses Omen hätte bei den Abergläubischen als ein Zeichen himmlischen Zornes über die Gemeinde bedeuten mögen. Wenn dem so war, so dauerte es immerhin mehr als hundert Jahre, bevor das Unheil wieder zuschlug, dann aber tat es das weit heimtückischer.

Zuerst hörte ich von dem Reverend Densham, als eine Freundin in Fowey, dieselbe, mit der ich bei Land's End gezeltet hatte, mir berichtete, ein neuer, in eine Gemeinde auf dem Moorland versetzter Pfarrer sei von einem seiner Berufskollegen eines Sonntags zum Tee in das Haus ihrer Eltern eingeführt worden. Er war recht liebenswürdig, ja, sogar gesprächig, obgleich, wie sie meinte, ein wenig seltsam.

«In welcher Hinsicht?» fragte ich und meinte schon, daß sich vielleicht abermals ein Pfarrer gefunden hatte, der seine Pfarrkinder um Mitternacht besuchte.

«Er bat mich», erwiderte sie, «ihm einen Gärtner zu empfehlen, der bei ihm wohnen würde. Er sei Junggeselle, und wenn er einen Gärtner anstelle, würde er ihm für seine Dienste einen Penny im Jahr bezahlen; außerdem hätte er die Kartoffeln umsonst. Ich sagte ihm», fuhr meine Freundin, der höflichste Mensch auf der Welt, fort, «daß Gärtner ziemlich schwer zu finden seien, und der Lohn, den er genannt habe, sei vielleicht ein wenig niedrig.»

Damit war die Sache zunächst einmal erledigt. Der Pfarrer kehrte ohne seinen Gärtner zu seiner Gemeinde zurück, und er fand anscheinend auch dort keinen, der gewillt gewesen wäre, zu diesen Bedingungen in seinen Dienst zu treten. Monate vergingen, und meine Freundin vernahm von Zeit zu Zeit Gerüchte, daß in Warleggan nicht alles zum besten stehe und die Pfarrkinder mit ihrem Geistlichen nicht glücklich seien. Er hatte, wie es hieß, lange Jahre im Ausland verbracht und konnte sich anscheinend ihren Gewohnheiten nicht anpassen. Die geringe Zahl der Gemeindemitglieder – viele hatte es infolge der Abgelegenheit nie gegeben – verdroß ihn, und, um die Reihen etwas dichter zu gestalten, setzte er Bilder aus Holz oder Pappe auf die Kirchenstühle.

Trotz seinem Wunsch nach einer vollen Kirche ging der Pfarrer nie ins Dorf, noch besuchte er seine Herde. Er stellte eine Kiste auf sein Gartentor beim Eingang zur Anfahrt, und darein sollten alle Lebensmittel, deren er bedurfte, getan werden, dazu auch seine Post. Besucher wurden nicht zugelassen. Er errichtete Zäune mit Stacheldraht darüber, mehr als acht Fuß hoch, um seinen ganzen Besitz, so daß er wie in einem Belagerungszustand lebte, und um sich noch ausgiebiger zu verteidigen, kaufte er etwa ein halbes Dutzend große, wilde Hunde, zumeist Schäferhunde, die beim ersten Geräusch von Schritten auf dem Feldweg knurrend wie ein Rudel Wölfe zum Zaun sprangen.

Die Gemeinde wurde in ihrer Angst beim Bischof vorstellig, doch da der Pfarrer nichts getan hatte, was die kirchlichen Gesetze verletzte, hatten die Behörden nicht die Macht, ihn zu entheben. Er hielt sonntags den Gottesdienst ab, obgleich jetzt schon niemand mehr anwesend war als die Bilder aus Pappe, und dieser strengen Beobachtung seiner Pflichten wegen müsse er noch immer als ein Mann Gottes angesehen werden.

Die Stunde kam, da er durch eine Anzeige einen Organisten suchte, und der nichtsahnende Besucher, der schon in der Dunkelheit ankam, wurde von dem Pfarrer ins Pfarrhaus geführt, das er zu seiner Überraschung und Bestürzung beinahe ganz unmöbliert fand. Das Schlafzimmer, in das er geschoben und dessen Türe von außen hinter ihm zugesperrt wurde, hatte nichts als Kisten an den Wänden und Säcke auf dem Boden. Über das Entrinnen des armen Organisten kreisen zwei Versionen. Die eine, daß der Pfarrer ihn zweimal in die Kirche führte und jeden Gottesdienst dem Gebetbuch entsprechend versah, den Organisten nachher mit Corned beef und einem halben Brot fütterte; die andere, daß der arme Teufel, den Hunden trotzend, in jener Nacht durch das Fenster seines Schlafzimmers entfloh und über das Moor nach Bodmin wanderte. Wie dem auch sei – binnen zwölf Stunden war der Organist fort und sah den Pfarrer von Warleggan niemals wieder.

Nachdem ich diese Geschichte gehört hatte, beschlossen meine Freundin und ich, in das Jamaica Inn auf dem Moor von Bodmin zu gehn, einen Zufluchtsort, den wir beide aus den Tagen gemeinsamer Ritte kannten, und am nächsten Tag den Pfarrer zu besuchen.

Der Weg war lang, der Tag war heiß – überraschend für die Mitte des Mai – und Warleggan war nicht leicht zu finden. Wir kamen müde und auch ziemlich verängstigt an, denn wir hatten unser Mittagsessen ahnungslos auf einem Schlangennest gegessen, und das seltsame zischende Geräusch darunter warnte uns, just bevor die Schlangen sich entrollten und aufrichteten. Der Stein war schon besetzt! Die Kirche von Warleggan machte einen betrüblichen Eindruck, der kleine Friedhof war von hohem, ungepflegtem Gras bewachsen, und über allem lag tiefe Stille. Keiner, vom Pfarrer abgesehen, hatte hier seit vielen Jahren ein Gebet gesprochen. Unser Mut wankte. Wir verließen die Kirche und näherten uns dem Pfarrhaus, das von hohen Bäumen umstanden war, darin ganze Kolonien von Krähen nisteten, deren ununterbrochenes Krächzen unheilvoll tönte.

Wir fanden den Eingang verriegelt und mit Draht bespannt, und die Kiste für die Nahrungsmittel war leer. Verwegen zogen wir die Glocke. Kaum erklang sie, als auch schon acht – meine

Gefährtin behauptete nachher zehn – riesige Hunde, Wolfshunde, Schäferhunde aus dem Nichts an den Zaun sprangen, knurrend und wütend gelbe Fänge bleckend. Wie der Organist flohen wir entsetzt nach dem Moor, denn ein Schlangennest war diesem Rudel hungriger Hunde jedenfalls vorzuziehn, und dort berieten wir, was wir jetzt tun sollten. Die Vorsicht siegte über die Abenteuerlust, und wir beschlossen, den nächsten Ausflug im Wagen zu unternehmen, doch erst ein Jahr oder noch mehr mußte vergehn, bevor sich uns die Gelegenheit bot, Warleggan abermals aufzusuchen.

Diesmal waren wir zu dritt, unsere Fahrerin war eine gemeinsame Freundin, eine Schriftstellerin, welche die Welt bereist, Alaska durchquert hatte und mehr Mut aufbrachte als wir zwei. Doch leider achtete sie nicht auf die Hunde. Ein Zusammenstoß mußte um jeden Preis vermieden werden. Sie parkte den Wagen, wohl verborgen, auf einem nahen Feldweg, und wir schlichen zu dem Garten des Pfarrhauses. Abermals stiegen unheilverkündend die Krähen auf und zeigten unser Kommen an, doch die Hunde blieben stumm. Möglicherweise waren sie verhungert. Der Zaun um den Garten wirkte abgenützt, beinahe verfallen.

«Wir wollen dort am Ende über die Hecke klettern», flüsterte die Erforscherin von Alaska. «Vielleicht streunt der Pfarrer im Garten umher.»

Sie hatte recht. Wir kämpften uns aufwärts, fanden eine Stütze zwischen Dornen und Gestrüpp, achteten nicht auf den Stacheldraht, dann aber hielten wir staunend den Atem an. Dort war der Pfarrer, kaum zwanzig Yards entfernt, und ging auf seinem kleinen Stückchen Grund auf und ab, eine seltsame, unglaubliche Gestalt in einem dunklen, altersgrünen Priesterrock, den breitkrempigen Hut des Geistlichen auf dem Kopf.

Wir starrten ihn an. Er sah uns nicht. Auf und ab wanderte er, von Gott weiß welchen schwermütigen Gedanken, welchen einsamen Spekulationen erfüllt. Plötzlich tat unsere Alaska-Forscherin etwas ganz Tolles. Sie zog das Taschentuch heraus und begann es wild in der Luft zu schwenken.

«Cooee!» schrie sie. «Cooee!»

Der Pfarrer blieb stehn. Einen Augenblick lang hob er den Kopf nach rechts und nach links, und dann, die Hände hinter dem Rücken, stelzte er davon. Blutrot vor Scham zog ich die Forscherin von der Hecke herunter. Die dritte unseres Trios war bereits eiligst auf dem Weg zum Wagen. Diese Expedition hatte, wie die erste, schmählich geendet. Entmutigt traten wir den Rückzug an.

Seit diesen Geschehnissen sind dreißig Jahre vergangen, und wir drei haben uns seither unser lümmelhaftes Benehmen vorgeworfen. Warum hatten wir es auch unterlassen, den Eingang zu benützen. Denn die Hunde waren, wie wir später entdeckten, nicht mehr da. Der Pfarrer war allein gewesen. Vielleicht hätte er uns empfangen, vielleicht hätte unser Besuch einen günstigen Einfluß gehabt. Denn was nachher kam, war tragisch. Der Reverend Densham lebte noch viele Jahre in Einsamkeit und Stille, bis eines Tages nichts mehr von ihm auf dem Kirchhof gesehen wurde, kein Rauch stieg aus dem Schornstein des Pfarrhauses. Und so wagten sich einige seiner Gemeindeangehörigen zu dem Haus und erzwangen den Eintritt. Das Haus war mit Papier und Holzspänen besät, der Fußboden war aufgerissen, um als Feuerholz zu dienen, und der Pfarrer selbst lag tot auf der Treppe.

Seit damals hat es keinen Pfarrer in Warleggan gegeben, und ein Geistlicher aus einem andern Kirchspiel kommt, um sonntags den Gottesdienst zu halten.

Im letzten Winter wollte ich alte Erinnerungen aufleben lassen, erzählte meinem Sohn die Geschichte, und wir machten uns auf den Weg zu einem letzten Besuch von Warleggan. Ob aus Torheit, ob meines üblichen Unvermögens, Landkarten zu lesen, wegen, war das Dorf noch immer schwer zu finden. Wegweiser zeigten in die falsche Richtung, Seitenpfade wurden zu ungangbaren Fährten, und die schlimme Ahnung, daß wir auf dem Moor übernachten müßten – ein alter Albdruck, denn einmal in früherer Zeit war mir das schon zugestoßen – kehrte mit ihrem ganzen lastenden Grauen wieder.

Schließlich, als die Sonne sich an einem regendrohenden Himmel senkte, erblickte ich gegen einen nahen Hügel ein Gehölz und die Umrisse der Kirche. Warleggan war vor uns. Die Kirche, bucklig und kümmerlich innerhalb ihrer Mauern, sah genau so aus wie vor einigen dreißig Jahren, das hohe Gras war unberührt. Wir versuchten die Türe, doch sie war versperrt. Wir wandten uns ab und schlugen den Weg zum Pfarrhaus ein. Noch immer lehnten Reste des Zauns an der Mauer, doch Hindernisse waren nicht mehr vorhanden, und das Tor öffnete sich auf den ersten Druck. Die Zufahrt war mit verschlungenen Sträuchern überwachsen, deren Spitzen einander berührten, und hoch oben bildeten überragende Äste einen Bogengang. Wir gingen um eine Ecke, die Zufahrt verengte sich zu einem schmalen Pfad, und da war das Pfarrhaus vor uns, an das ich immer gedacht hatte, das ich so gern wiedersehen wollte. Die Mauern waren von einem schwermütigen Grün, die Fenster dunkel; das Haus hatte die ganze Traurigkeit eines nie besuchten, verfallenden Gebäudes. Ich erinnerte mich an den Pfarrer, der in seinem grünlichen Priesterrock, den breiten Hut auf dem Kopf, im Garten hinter dem Haus auf und ab gegangen war. Schweigend schauten wir, bis eine Katze uns aufschreckte, die aus dem Gebüsch heraussprang, und unverkennbar war jetzt das Geräusch eines Wagens auf der Zufahrt zu hören. Mein Sohn ging, unerschrocken, näher an das Haus heran, um es zu photographieren. Ich aber rüstete mich mit der ganzen Anmaßung eines altbewährten Eindringlings und ging zu der Zufahrt.

Just vor der Türe parkte ein Jeep, und ihm entstieg ein Mann mit einer Baskenmütze. Ich begann mit einer Sturzflut von Erklärungen; daß ich den Reverend Densham seinerzeit gekannt, daß ich häufig, aber ohne Erfolg versucht hatte, ihn zu sehen, und daß mein Sohn gerade jetzt eine Aufnahme von dem Pfarrhaus machte. Der Mann mit der Baskenmütze lächelte. Er ging mit mir über die Zufahrt und sagte, er habe das Haus jetzt gemietet, doch seine Frau und seine Familie wünschten nicht, hier zu wohnen, und so komme er nur von Zeit zu Zeit, um nachzusehen, ob alles in Ordnung sei. Mein Sohn tauchte aus dem Gebüsch auf und stammelte Entschuldigungen.

«Der Reverend Densham», sagte ich und bereitete den Rückzug vor, «pflegte ganz allein hier hin und her zu gehn. Ich bin einmal auf die Hecke geklettert und habe ihn gesehen. Das ist viele, viele Jahre her.»

Der Mann sah erst mich, dann meinen Sohn an.

«Er geht noch immer hin und her», sagte er leise. «Dort hinten im Garten.» Er hob die Hand.

Das Licht verblaßte schnell, und die Katze, die wir aus dem Gebüsch geschreckt hatten, kam jetzt auf den Weg und miaute.

«Ich glaube», sagte ich zu meinem Sohn, «daß wir heimkehren müssen.» Und zu unserm Freund mit der Baskenmütze: «Wir haben nämlich einen ziemlich weiten Weg vor uns.»

Er nickte lächelnd und ging auf das Haus zu. Wir wendeten uns zu der Biegung, die zur Zufahrt führte, und dann, wie auf Verabredung, liefen wir zur Türe, an dem Jeep vorbei und zu dem Feldweg hinunter, wo wir unsern Wagen stehn gelassen hatten. Erst als wir ihn erreicht hatten, wagten wir, einander anzusehen.

Ich schaute über die Schulter nach der beschatteten Zufahrt. Der Jeep stand vor dem Pfarrhauseingang und sah aus wie ein militärisches Fahrzeug auf einer Patrouille, und sein Besitzer, der am Haus entlang ging und nun irgendwo über das Gelände strich, mochte wie eine Schildwache wirken. Um was aber zu bewachen? Stand er da in den dunklen Stunden, zu seinen Füßen die miauende Katze, und wartete, daß eine Gestalt im Priesterrock mit dem Geistlichenhut auftauchte, die, wenn man sie herausforderte, die Hände auf dem Rücken gekreuzt, davonstelzte? Hatte die Abseitigkeit abermals ein Opfer gefordert und war die Umgebung die Ursache?

Im dämmernden Licht fuhren wir davon, und als das tröstliche Rattern unseres Motors die Stille brach, sammelten sich die Krähen in den Bäumen über uns und krächzten einen letzten Protest.

XI.

Moore und Lehmgruben

Die Gesamtheit von Cornwalls Rückgrat, von der Quelle des Tamar im Bezirk Stratton im Norden bis zu dem abfallenden Gelände im Südwesten verlaufend, wo der entspringende Hayle Kirrier von Penwith trennt, war einst Moor oder Hügelland, und der Automobilist, der heute über die Hauptstraße fährt und sich erinnert, daß er dem Weg folgt, den vor Jahrhunderten Packpferde, Maultiere und Ochsen getrottet sind, wird feststellen, daß er ständig auf erhöhtem Grund ist. In den Falten zwischen den Hügeln dehnen sich bewaldete Täler, zu beiden Seiten seines Weges sind Städte und Dörfer gebaut worden, doch würden sie weggeschwemmt, so wäre der Boden unter ihnen Moor und Gestrüpp.

Das Rückgrat ist in Wirklichkeit eine Hochebene, die dort, wo Cornwall sich verengt, langsam abfällt, nur um sich mit den Goonhilly Downs hinter der Halbinsel Lizard wieder zu heben und zu verbreitern und abermals zu dem Hochland von West Penwith und der Klaue von Land's End.

Der größte und wildeste Streifen Moorland ist die Landmasse südlich von Launceston, nördlich von Bodmin, die im Osten bis Liskeard reicht und im Westen über Camelford hinaus beinahe bis Tintagel und zu der Küste. Die Hauptstraße durchschneidet das Zentrum von Five Lanes, und im Sommer ergießt sich ein Strom von Autos und Autocars darüber, gefüllt mit Sommergästen, die an die Küste fahren; im Winter aber ist die Straße beinahe so frei von jeglichem Verkehr, wie sie es in alten Zeiten gewesen war. Karrenwege führen zu vereinzelten Gehöften, deren Bewohner sich einst kaum hinauswagten, es sei denn zum Markt, Besitzer von Schafen und Rindern, ganz auf ihre eigene Produktion gestellt und den Torf des Moorlands als Heizmaterial benützend. Der Wanderer, der die Einsamkeit liebt, kann zu beiden Seiten der Hauptstraße wandern, wohin er will, und sich sehr rasch verlieren; ist er kaum eine halbe Meile über offenes Land gegangen und wendet sich um, so sieht er keine Spur menschlicher Behausung mehr, nichts als kahles, braunes Moor, so weit das Auge reicht, und in der Ferne spitze Hügel und drohende, zerklüftete Felsen, die Schutz bieten mögen, wenn ein Regen einsetzt, doch wenig Hilfe vor dem Wind, der selbst an stillen Tagen Klüfte und Spalten heimsucht.

Brown Willy, 1375 Fuß, und Rough Tor, sein Gefährte, unweit von Camelford, sind die höchsten Erhebungen, in der trockenen Jahreszeit oft von umherschweifenden Gruppen erklommen, und die Aussicht ist bei klarem Wetter überwältigend; sie erstreckt sich beiderseits zu den Küsten und die Halbinsel hinunter an den Kaolinerdepyramiden vorbei fast bis West Penwith. Der Fluß Fowey entspringt unter dem Brown Willy, und ursprünglich war dieses ganze Gebiet als Fawey-Moor bekannt. Der Boden hier ist sumpfig, trügerisch, verrät seine Anwesenheit durch ein dunkleres Grün und durch Grasbüschel, manchmal auch durch Schilfrohr, und den Unwissenden dünkt es ebenso fest wie das rauhere Gelände der nahen höheren Lagen, bis ein Gewicht, das darauf drückt, den Boden zittern, sacken und in schlammiges Wasser sinken läßt. Trug ist alles rundum, denn der Rasen, über den man eben noch geschritten war, wirkt nicht länger sicher, sondern schwankt auch, und mit jedem strauchelnden Schritt wächst panische Angst. Das Geheimnis ist, niemals, wenn irgend möglich, zu dem hinunterzusteigen, was glatte, bequeme, tiefgelegene Weide zu sein scheint, denn hier sind die sich schneidenden Bäche, die Sümpfe, die Marschen, Fallen nicht bloß für den Wanderer, sondern auch für streifende Schafe und Rinder, die sich in einem feuchten Winter dorthin verirren und verloren sind. Ihr Fleisch wird zur Beute des schlaueren Fuchses oder von oben her von Habicht und Bussard zerfetzt, bis nichts bleibt als weiß gebleichte Knochen und Schädel.

Das Moorland, östlich von der Hauptstraße, oberhalb des Fowey und des Withey Brook ist sogar noch gefährlicher, denn der Wanderer betritt gutgläubig hohen, festen Boden, glaubt, daß er die Hochebene nur zu überqueren braucht, um nach etwa fünf Meilen die waldigen Hänge von Trebartha und dem Dorf North Hill zu erreichen. Stattdessen bleibt der Wald ein Trugbild. Felsen, drohender und öder noch als Brown Willy und Rough Tor, ragen vor ihm auf, verhindern jedes Vorwärtskommen, und der bei solchen Gelegenheiten fast unabänderlich falsche Instinkt veranlaßt ihn, nach rechts abzubiegen, wo der Boden sich senkt und ihn in der Mitte seines Weges abermals hemmt, denn hier ist abermals ein Bach, abermals ein Sumpf, und diesen Weg einzuschlagen, der sich in den Marschen verliert, kann nur zur Katastrophe führen. Ich weiß es, denn ich habe es versucht.

Leichtfertig, vor langer Zeit, an einem Novembernachmittag brachen eine Freundin – dieselbe Freundin von Land's End und Warleggan – und ich zu Pferd vom Jamaica Inn auf, weil wir die freundliche Absicht hatten, eine ältere Dame zu besuchen, die in Trebartha Hall bei North Hill wohnte. Wir schätzten, es würde ein Ritt von nicht mehr als höchstens vierzig Minuten sein, und wenn wir zum Tee blieben, müßten wir uns entschließen, auf dem Heimweg längs des Moors zu reiten und dann gemächlich auf der Straße nach dem Jamaica Inn zurückzukehren. Ohne zu überlegen, trotteten wir noch später als um zwei Uhr, bloß um nach einer Stunde oder mehr zu entdecken, daß wir unserm Ziel kaum näher gekommen waren, daß Hügel und Felsklötze, unüberwindlich uns den Weg sperrten. Der Weg, den wir ritten, senkte sich zu einem schlüpfrigen Pfad, der ganz verschwand, während unter uns ein in seinen Angeln schwankender, zerbrochener Zauntritt den Zugang zu einem hoch angeschwollenen Bach freigab. Der Tag, bisher verhältnismäßig schön, verdunkelte sich jetzt, und eine schwarze Wolke mit Fetzen hinter sich lauerte über unseren Köpfen und barst.

Im Nu war alles Verzweiflung. Das unheilvolle Gewässer rauschte mit größerer Geschwindigkeit und wurde zu einem Wildbach. Wir zwangen die Pferde auf einen steilen Abhang, um zwischen uns und das sprudelnde Wasser eine Distanz zu legen, die Köpfe tief über die Sättel gebeugt, ließen wir die Pferde vorwärts stapfen und suchten Rettung. Ein verlassenes Bauernhaus, am Fuß des Hügels gekauert, schien unsere einzige Hoffnung zu sein. Wir ritten darauf zu, saßen ab und führten unsere Pferde hinter die Mauer. Das Haus war nicht nur unbewohnt, sondern zum Teil auch verfallen, durch die leeren Fensterhöhlen peitschte der Regen, und was noch vom Dach vorhanden war, hatte man mit Wellblech repariert, so daß die Regentropfen wie Hagelkörner darauf prasselten. Wir lehnten uns an die vom Schwamm zerfressenen Mauern und brüteten, Trebartha Hall etwa hundert Meilen entfernt, Jamaica Inn ungefähr ebenso weit, und die ganze Zeit klatschte der Regen auf das Wellblechdach und widerhallte in einem Faß daneben. Größeres Elend hatte ich nie erlebt.

Es regnete eine volle Stunde, dann wurde ein feuchter, rieselnder Nebel daraus, der unsere Welt noch mehr verdüsterte, und wir hatten jeden Sinn für die Richtung verloren. Aus den Ruinen auftauchend, schaute meine Gefährtin, eine bessere Reiterin als ich und zudem die Besitzerin der beiden Gäule, sich um und bemerkte:

«Da bleibt nichts übrig, als aufzusitzen, die Zügel zu lockern und uns von den Tieren heimführen zu lassen.»

Sehr beeindruckt war ich von ihrem Vorschlag nicht, denn wo war für die Gäule «heim»? Dreißig Meilen oder mehr bis Fowey oder zurück über die Moore zum Jamaica Inn? So stiegen wir denn auf, Dunkel und Stille um uns bis auf das düstere Klappern des Blechdachs und irgendwo zu unserer Rechten der rauschende Bach.

Die Pferde, mit sichern Füßen selbst inmitten verdorrten Heidegrases und lockerer Steine, stapften ohne zu zaudern vorwärts, und einige Erleichterung fanden wir wenigstens darin, die verlassene Hütte los zu sein und im Freien, mochte es auch verzweifelt sein, denn innerhalb ihrer Mauern war keine Wärme gewesen, kein Andenken an Herde mit einem Torffeuer, das die Besitzer einst geschürt hatten. Wer immer auch darin gehaust haben mochte, bevor er es in Trümmer fallen ließ, mußte mürrisch und verdrossen gewesen sein, gepeinigt von dem Withey Brook, der irgendwo unter seiner Türe floß, und in Verzweiflung war er eines Nachts ausgegangen und hatte sich ertränkt. Das malte ich meiner Gefährtin aus, die davon keineswegs erheitert wurde, zumal die Pferde anscheinend von dem Rauschen des Flusses angelockt waren. Wir gelangten auf höheres Gelände, und da sahen wir uns einer neuen Mißhelligkeit gegenüber in Gestalt von etwas, das offenbar ein nicht mehr benütztes Eisenbahngeleise war, auf dem unsere Pferde ausrutschten und stolperten. Eine Eisenbahn mitten im Moor! Das war doch undenkbar – es sei denn, daß wir beide verrückt geworden wären und dies ein Hirngespinst war.

«Eine Bahnlinie für Draisinen», sagte meine Gefährtin, «die zu einem Steinbruch führt. Wenn die Pferde uns dorthin lenken, dann werden sie sich die Beine brechen. Sitzen wir lieber ab.»

Sümpfe, Steinbrüche, Bäche, Felsblöcke, eine Hölle da und dort; wir führten die Pferde von dem schlüpfrigen Geleise fort und saßen wieder auf. Ich erinnerte mich an eine Illustration in einem Buch, das ich als Kind gelesen hatte, «Sintram und seine Gefährten», wo ein entmutigter Ritter so eine Fahrt mit dem verkleideten Teufel unternommen hatte, der sich «der kleine Meister» nannte. Sie zeigte ein verängstigtes Pferd, das sich vor einem Abgrund bäumte. Das also sollte unser Schicksal sein und der kleine Meister würde kommen und uns holen.

Die Pferde, jetzt da sie die Bahnschienen los waren, wieder unternehmungslustiger, trotteten brav weiter, geradeaus über das Moor, möglicherweise in die Richtung jener bedrohlichen Felsspitzen, die wir am frühen Nachmittag gesehen hatten, deren dunkle Finger nach dem Himmel wiesen, und die, wie wir wußten, keineswegs dort aufragten, wo ein Weg heimwärts führte.

Es war sieben Uhr, es war neun, es war Mitternacht – zu dunkel, um auf unsere Uhren zu schauen, und ungeschickte Finger konnten kein nasses Streichholz anzünden. Vorwärts, nur immer vorwärts, und auf allen Seiten nichts als Öde und Moor.

Plötzlich rief meine Gefährtin: «Sie haben's geschafft... sie haben's geschafft... ist das dort nicht die Straße?»

Ich spähte durch das Dunkel vor mir, und da erblickte ich eine Lücke in dem erhöhten Boden und flaches Gelände und dort, keine hundert Yards entfernt, den gesegneten nassen Streifen der Straße von Launceston nach Bodmin und, überraschend, unglaublich, die schlanken Schornsteine des Jamaica Inn selbst.

«Ich habe es dir ja gesagt», rief meine kundige Gefährtin. «Pferde kennen den Weg immer. Sie trotten dem Instinkt nach. Sieh nur, die Leute vom Wirtshaus haben uns schon gesucht.»

Und tatsächlich, da waren Gestalten mit schwankenden Laternen, wanderten die Straße hinauf und hinunter, und von der schiefergedeckten Terrasse schimmerte willkommenes Lampenlicht. Im Nu war die Furcht vergessen, eine Gefahr hatte es nie gegeben. Es war gerade acht Uhr, der Wirt und seine Frau hatten eben angefangen, sich unser zu erinnern; und da war das Torffeuer, nach dem wir uns gesehnt hatten, ein brauner, süßlicher Rauch; ein Abendessen, bestehend aus Eiern und Speck, stand bereit und dazu eine Kanne mit dampfendem Tee.

Heute ist alles verändert, und wie der Dichter Yeats einst sagte «gründlich verändert». Autos, Cars, elektrisches Licht, eine Bar, Bachforellen zum Abendessen, Bäder, um den Reiseschmutz loszuwerden, anstatt eines Krugs mit heißem Wasser. Als Automobilistin fahre ich ein wenig verlegen vorüber und spüre, daß ich selber Tadel verdiene, denn aus jenem lang vergangenen Novemberabend entstand ein Roman, der sich als beliebt erwies und, wie das mit Romanen geschehen kann, in die Folklore des Distrikts einging. Als die Autorin fühle ich mich geschmeichelt, doch als einstige Wandrerin unbehaglich.

Trebartha Hall, wo wir an jenem Nachmittag einen Besuch abstatten wollten, wurde vor einigen Jahren abgerissen, während die schroffen Hügel, die unsern Ritt zu behindern schienen, Trewortha Tor, Hawk's Tor, Kilmar Tor, weniger bedrohlich auf die Landschaft herunterblicken, wenn man sich ihnen vom Osten her nähert, und durch eine steile Autostraße vom Dorf North Hill und einem kurzen Fußweg leicht zu erreichen sind. Der Zugang von vorn, den wir damals versuchten, wirkt noch immer unbequem, reicht aber kaum mehr für einen Albtraum aus, wenn man nicht gerade, wie wir es taten, den gefürchteten Withey Brook zu überqueren wagt und das bedrohliche Moor, zu dem er führt. Von den Geleisen hat auch eifrige Forschung keine Spur entdeckt – die Steinbrüche lagen viel tiefer im Süden und jenseits unserer Reichweite. Ob wir näher zum Jamaica Inn gewesen waren, als wir geglaubt hatten, oder weiter, das ist etwas, das ich nie mehr feststellen werde. Alles, was ich weiß, ist, daß jenseits des Withey Brook, zwischen den mächtigsten Felsblöcken, das romantisch klingende Zwölfmännermoor liegt, mit Granitklötzen und zerbrochenem Gestein, umplätschert von sickernden Sümpfen. Wenn es diese Gegend war, durch die wir in der Dunkelheit ritten, so ist mein Gruß an das Dutzend Männer überfällig, die das Land im Jahr 1284 von Henry, dem Prior von Launceston, gepachtet hatten. Das Land wurde ihnen für eine Pacht von vier Silbershilling im Jahr überlassen, die sie zu Michaelis zahlten, und die zwölf Männer hatten ihre Gehöfte über das Gebiet verteilt mit dem Recht, es als Weide zu benützen.

Die Namen der zwölf Männer mögen den Etymologen Rätsel aufgeben; einer hieß Walter la Lak, und seine Farm grenzte vielleicht an ein Gewässer, und unterhalb des jetzt verlassenen Hauses mit dem Wellblechdach mögen die Fundamente aus dem dreizehnten Jahrhundert liegen. Leicht war das Leben für diese Moorlandbauern nie, obgleich die Wolle gute Preise erzielt haben mochte, wenn sie nur genug Schafe hatten, damit die Zucht sich lohnte. Doch Sommer und Winter nahmen ihren Zoll von den Tieren, und sie brauchten größeren Mut, größere Standfestigkeit als die Bauern im Tal.

Als die zwöf Männer auf ihrem Moor hausten, war wenige Meilen westlich von ihnen eine Kapelle, die zur Zeit Eduards I. als die Capella de Temple bekannt war. Sie war der Besitz der Tempelherren aus Jerusalem, die, wie es dem Wesen ihrer Brüderschaft entsprach, allen Pilgern und Fremden beistanden, welche das Grab im Heiligen Land besuchen wollten. Die Kapelle war als Rast-Ort für solche Pilger gebaut und auch für Beschaulichkeit; und sie unterstand nicht der Gerichtsbarkeit des Bischofs. Der Pfarrer oder der Pfarrhelfer in Temple konnte jeden, der sich an ihn wandte, ohne Aufgebot und Erlaubnis trauen, und da die Kapelle nahe bei der einzigen Straße durch die Moore zwischen Launceston und Bodmin lag, machte das sie für jene bequem, die von solchen Privilegien Nutzen ziehen wollten. «Da es in einer Wildnis liegt und der Gerichtsbarkeit des Bischofs nicht unterstellt ist, werden hier jährlich manche schmutzige Ehehändel zusammengebracht, und Strohwitwen mit ihren Bastarden entbinden und nähren hier», schrieb der Chronist Tonkin.

Zwischen Temple und dem Zwölfmännermoor fand der Wanderer in früheren Zeiten – und der Automobilist heute, denn eine Straße führt in die Nähe – zu seiner Überraschung

Flußmündung bei Ebbe, Holywell

Jamaica Inn

Place House

Die große Kupfermine von Caradon, nördlich von Liskeard

Teiche und weiße Pyramiden — die Welt der Lehmgruben

Minnack Theatre bei Porthcurnow

Gwennack Pit, der berühmteste der frühen Predigtplätze

Fischerdorf

Ein altes Schmugglerstädtchen

«Ich schaue hinunter auf eine glitzernde Unterwelt»

einen Binnensee von einer Meile Umfang, der in einer flachen Höhlung zwischen den Hügeln liegt. Das ist Dozmare Pool, eine Wasserfläche, welche die Leute in der Vergangenheit für bodenlos tief hielten, und darum erwuchs auch die Sage, daß es hier war, wo Bedivere das Schwert Excalibur hineinwarf, das inmitten des Sees eine dreimal winkende Hand faßte, die sich um den Griff schloß und dann in unergründliche Tiefen hinabsank. Ein heidnischer Mythus, älter als die Artus-Sage, behauptete, ein Riesen-Häuptling, der seinen Töchtern befohlen hatte, ihre Gatten in der Brautnacht umzubringen, habe hier in der Nähe seine Jagdgründe gehabt, doch die Götter, denen dieser Befehl mißfiel, verurteilten ihn dazu, das Wasser des Teiches mit einer Schneckenschale zu leeren. Mit der Zeit übertrug die Tradition diese Bestrafung auf eine wirkliche Person, John Tregeagle, den Verwalter des Lord Robartes von Lanhydrock im siebzehnten Jahrhundert, der von allen Pächtern gehaßt wurde, und so breiteten sich die Geschichten aus und wuchsen und gerieten durcheinander, bis der Teich für alle Zeit zu einem Ort von unbehaglichen Erinnerungen wurde.

Dozmare hat allerlei Launen. An einem Sommertag liegt es ruhig und klar da, eine Verlockung für den Paddler, doch wenn einmal der Hauch einer Brise die Oberfläche kräuselt, so wird die Farbe zu einem schieferigen Grau, unheilverkündend und düster, und kleine Wellen bespülen den mit braunen Steinen und Torf übersäten Strand. Dann vergessen wir, daß der Teich nur fünf Fuß tief ist, und schauen nach der Hand aus, die aus seiner Oberfläche aufsteigt, um nach Excalibur zu greifen, oder wir horchen auf die dünnen Töne des Jagdhorns eines bösen Geistes, der die Hunde zur Hatz ruft und den Riesen-Häuptling, so heißt es in der Sage, etwa sechzehn Meilen westwärts über die Moore nach Roche verfolgt.

Auf dieser Hochebene war es, die White Moor und Hensbarrow Downs, ostwärts nach Luxulyan und St. Austell, westwärts nach Goß Moor und Indian Queens umschließt, daß ein gewisser William Cookworthy, ein Quäker aus Plymouth, die Kaolin-Industrie begründete, und darin zahlreiche Zinngräber beschäftigte, die in diesem Distrikt, mangels Arbeit, in Not waren. Heute ist dies die größte Industrie in ganz Cornwall, und am 26. Juli 1966 empfing sie die Auszeichnung der Königin.

«Kaolinerde», so belehrt Mr. Blacks Führer aus dem neunzehnten Jahrhundert seine Leser, «ist eine Art feuchter Granit, das heißt, der einst so feste und zähe Felsen wurde durch Zersetzung in eine weiche, klebrige Substanz verwandelt, dem Mörtel nicht unähnlich, und sie ist, von Glimmer, schwarzem Turmalin oder Quarz gereinigt, wunderbar für die Herstellung der besten Tonwaren geeignet. Sie ist völlig dem Kaolin oder der Porzellanerde gleich. Sie wird in Kammern oder Lagern auf einer geneigten Fläche aufgeschichtet, und dann wird Wasser darüber geleitet, das die feineren und reineren Teile mit sich schwemmt und in einen großen Behälter trägt, während die gröberen Überreste in Gruben gefangen werden, die sich in entsprechenden Abständen voneinander befinden. Aus dem Behälter wird das ganze Wasser abgeleitet und der Ton in Pfannen untergebracht, wo er unter dem Einfluß einer neuen Trokkenmaschine gründlich von jeder Feuchtigkeit befreit, dann säuberlich in Fässer gepackt und zur Verschiffung ans Meer befördert wird.»

Heutzutage ist dieser Prozeß verfeinert. Mechanische Grabungsmaschinen, hydraulische Pumpen, Zentrifugen, Raffinierapparate, das alles wird in den verschiedenen Stadien verwendet, die den kaolinisierten Granit in festen Ton verwandeln, der neben Töpferwaren für viele Zwecke brauchbar ist, während die industrielle Zone in einem Umfang von einigen fünfundzwanzig Meilen eine eigene Welt darstellt, ebenso scharf abgesondert wie die Zinn- und Kupfergebiete in früheren Zeiten. Bugle, Stenalees, Foxhole, Nanpean, Treviscoe, St. Stephen's-in-

Brannel, St. Dennis, das waren einst Dörfer oder verstreute Gehöfte und haben sich nur dank der Kaolinerde entwickelt, um die Mehrzahl der Arbeiter zu beherbergen.

Die Männer sind Spezialisten, von der Geburt an zu dieser Arbeit aufgewachsen, die zweite und dritte Generation, und haben, wie vor ihnen die Zinngräber, den gleichen Solidaritätssinn. Der Ton stammt vom Felsen, vom Granit, ganz wie das Zinn, und welche Methode heute auch angewendet, welche mechanischen oder elektrischen Kräfte benützt werden, diese Männer haben in Blut und Knochen den Geist der alten Zinngräber, die lange vor ihnen den Granit klopften und schlugen. Es ist ihr Ton, ist ihre Industrie; Streitigkeiten zwischen der Leitung und den Arbeitern sind selten, beinahe unerheblich, die vereinigten Gesellschaften, bekannt unter dem Namen English China Clays, geben andern industriellen Gemeinschaften ein glänzendes Beispiel.

Das Interesse des Laien aber und des Wanderers, der sich zielbewußt oder zufällig im Tongebiet befindet, ist die seltsame, beinahe phantastische Schönheit der Landschaft, wo Abfallhaufen unnützen Materials in Pyramidenform zum Himmel weisen; große Steinbrüche, an ihrem Fuß gebildet, steigen in wassergefüllte Gruben hinab, und das Wasser ist eisgrün wie arktische Weiher. Die Pyramiden sind allgemein am höchsten und die Weiher am tiefsten auf einem Boden, der nicht mehr benützt wird; auf den Abfallhaufen sprießt Gras, sogar Ginster über der bimssteinartigen Oberfläche, und das Wasser in den Gruben, weit tiefer als das Dozmare, hat sich dort angesammelt, weil man den Lehm fortgesaugt und abermals auf jungfräulichem Grund zu arbeiten begonnen hat.

Diese Lehmhaufen mit den anstoßenden Teichen und den unbenützten Steinbrüchen haben die gleiche Größe wie verfallene Zinnbergwerke, doch in einem wilderen und magischeren Sinn, denn sie sind nicht Schildwachen aus Stein oder

Ziegel, gebaut, um Maschinen zu beherbergen, sondern Hügel, aus dem felsigen Boden selbst geformt, und die von Menschenhand geschaffenen Teiche werden durch das Wasser, das aus unterirdischen Quellen sickert, oder durch die Winterregen angereichert. Werke in vollem Betrieb mögen ganz nahe liegen, Krane weite Bogen schwingen, Karren mit Eimern den Gipfel eines Abfallhaufens erklimmen und aus der Entfernung klein wie Kinderspielzeug wirken, wenn sie ausladen und zu der Basis zurückkehren, Transportwagen auf den Zugängen zu der Straße hin und her fahren, die Umgebung mag durch Draht und die Tafel «Gefahr» abgesperrt sein; aber die abseitigen Pyramiden und Teiche wirken so entfernt von der nahen Industrie wie irgendeiner der spitzen Felshügel auf den Mooren.

Wilde Blumen streuen sich über das Ödland, Samen erwachsen zu namenlosen Pflanzen, Wandervögel aus dem Moorland überfliegen die Teiche oder plätschern am Rand des Wassers. Seemöwen verweilen auf ihrem Flug ins Land über der Oberfläche. Hier ist nichts häßlich, die Männer von Cornwall entreißen dem Granit ihren Lebensunterhalt, wie sie das durch zahllose Generationen hindurch getan haben, überlassen es der Natur, auf ihre eigene Art mit dem vergessenen Boden zu verfahren, wie sie es, eine Verschwenderin, mit freigebiger und sorgloser Gnade immer getan hat.

Der höchste Punkt dieser Mondlandschaft ist der 1027 Fuß hoch gelegene Leuchtturm auf Hensbarrow Down, von wo aus die ganze phantastische kegelförmige Kette westlich gegen St. Dennis und Nanpean gedehnt oder nach Norden und Süden in zahllosen Haufen fächerförmig ausgebreitet ist. Neben dem Leuchtturm sind alte Hügelgräber, gemeinsame Begräbnisstätten jener, die in prähistorischen Zeiten hier siedelten, und der Leuchtturm selbst, wie andere an hohen Stellen, war einst der Platz eines Wächterhauses, wo ein Mann seinen Posten bezog, um das Nahen von Feinden zu Wasser oder zu Land wahrzunehmen, und, wenn er sie erschaute, ein Feuer anzuzünden, um seine Gefährten zu warnen.

Ein Fremder, heute an diesen Ort versetzt oder noch näher zwischen Schlacke und Schiefer, weiße Hügel, wohin er auch schaut, würde sich tausend Meilen von Cornwall entfernt dünken, in den Canyons von Colorado vielleicht, oder auf den vulkanischen Kratern des Mondes. Der Orientierungssinn versagt, wie er das auf dem Moor von Bodmin tut, und obgleich Straßen sich in dieser Weite kreuzen und Wegweiser die Richtung angeben, zwingt ein seltsamer Instinkt den unbedachten Autofahrer oder Wanderer, sich im Kreis zu bewegen, die Abfallhaufen und Teiche werden einander völlig gleich, und scheinbar gibt es keinen Ausweg, kein Mittel, dieser phantastischen Welt zu entrinnen. Bäche fließen milchigweiß aus diesem Stromgebiet, doch einer von ihnen führt vielleicht nur zu einem andern Teich, und nun muß die Suche von neuem beginnen, um eine Straße zu finden, die nicht durch einen Anschlag auf Drahtgitter als «gefährlich» bezeichnet wird. Endlich löst ein Lastwagen mit geballtem Ton, ostwärts fahrend, die Schwierigkeit. Da gibt es kein anderes Mittel, als blindlings seiner Spur zu folgen, wohin er auch rollen mag, und ein glücklicher Abstieg beginnt, nicht zu einem Teich, sondern an verstreuten Häuschen vorbei, die Leben verkünden, bis die Straße in Windungen und Kurven auf vertrautes Gelände führt und die grauen Dächer von St. Austell nicht mehr als etwa zwei Meilen entfernt sind.

Der Tongräber ist wie der Zinngräber individuell geartet mit seinen eigenen Traditionen, doch eine Industrie, die sich rasch mechanisiert und ununterbrochen ausbreitet, ist leider ungeeignet, Mythen oder Sagen hervorzubringen. Hier winken keine Knacker von den Pyramiden, kein Wassergeist lauert in den tiefen Teichen. Oder wenn sie es tun, hat der Laie jedenfalls noch nichts davon gehört. Einsamkeit, den fruchtbaren Boden für Furcht und Mysterium, gibt es nicht mehr.

Daß Kaolinerde in größeren Mengen anderswo auf der Welt entdeckt wird, so daß dem Markt von Cornwall die Lebensfähigkeit ausgeht, wie sich das vor einem Jahrhundert mit dem Zinn begeben hat, ist immer möglich – es ist nun einmal ein Risiko, das die Grabenden auf sich nehmen müssen. Die Folgen wären für den Tongräber ebenso verhängnisvoll, wie sie es für ihre Ahnen gewesen waren, welche Zinn gruben. Das Land von Bugle bis Indian Queens, weiß und durchfurcht und aufgerissen, wäre, wenn seine luftigen Spitzhügel verödeten, kaum für ein neues, anderes Wagnis geeignet, denn wie die «Kirchspielgeschichte von St. Dennis» sagt: «Es liegt auf einer rauhen Höhe, umrundet von einer schrecklichen Menge von Felsen, die in verschiedenen und grauenhaften Formen und Größen aus dem Boden ragen, und für wenig anderes als Schafe, Kaninchen, Hasen, Ziegen und Pferde Schutz bieten.» Und was noch mehr ist: «Auf diese Steine regnete es im Jahre 1664 nachts auf einer Fläche von etwa einem Morgen Blut, in Tropfen von dem Durchmesser eines Shillings, und dieses Blut blieb noch viele Jahre später auf den Steinen sichtbar, und auf solchen, die seither weggeführt und trocken gehalten wurden, zwanzig Jahre lang. Nach diesem Blutregen brach die große Pest aus, dann kamen die holländischen und französischen Kriege und der Brand der Stadt London.»

Heutzutage, dreihundert Jahre später, glauben die Menschen nicht mehr daran, daß die Natur Warnungen vor entsetzlichen Katastrophen sendet, die bevorstehen. Doch wer weiß? Unglücksfälle treffen in Zyklen ein, und der Himmel könnte wieder einmal auf St. Dennis und Nanpean Blut regnen lassen. Bis zu diesem Tag wird der Tongräber fortfahren zu sprengen und zu graben, und der Wanderer, gebannt auf diese seltsame weiße Welt von Pyramiden und Teichen zu schauen.

XII.

Das Erbteil der Brontë

Drei Schwestern, Charlotte, Emily und Anne Brontë waren in Yorkshire geboren und aufgewachsen. Ihre Romane wurden berühmt: «Jane Eyre» und «Das Tal der heulenden Winde» sind klassische Werke der englischen Literatur. Die Leute in Yorkshire sind sehr mit Recht stolz auf die drei Schwestern und behaupten, daß Kindheit und Jugend in einer einsamen Gemeinde des Moorlands, mit geringem Einfluß von der Außenwelt, die Phantasie belebt und die drei Mädchen zu Romanschriftstellerinnen gemacht habe. Der Schauplatz war Haworth und die Moore von Yorkshire, und die Geschichten, die sie als Kinder hörten, und die ihren Appetit auf alles Ursprüngliche und Fremdartige befriedigten, waren bodenständige Geschichten, Fetzen der Historie und Folklore, wie sie ihnen Tabby, die ergebene Dienerin, erzählte, die für sie kochte und für sie sorgte.

Ihr Vater, der Pfarrer Patrick Brontë, war ein Ire aus County Down, ihre Mutter, Maria Branwell, eine Frau aus Penzance in Cornwall. Die Umgebung kann beihelfen, ein Kind zum Schriftsteller oder Maler zu machen, doch der Same der Phantasie muß vorher durch Vererbung eingepflanzt, dann aus der gleichen Quelle befruchtet, genährt und getränkt werden.

Tausende von Besuchern fahren Jahr um Jahr zu dem Pfarrhaus in Haworth, das heute ein Museum in Yorkshire ist, gehen durch das Heim, wo die Kinder ihre frühen Geschichten kritzelten und später ihre berühmten Romane schrieben. Die Besucher schauen aus dem Fenster auf den gräbervollen Kirchhof, wagen sich vielleicht auf die Moore hinter dem Pfarrhaus und wissen möglicherweise genug von der Geschichte der Familie Brontë, um sich zu erinnern, daß der Vater der Kinder Pfarrer in der Gemeinde Haworth war, daß ihre Mutter starb, als sie noch klein waren, und daß die Schwester ihrer Mutter, Elizabeth Branwell, kam, um ihren Platz einzunehmen und den Haushalt zu besorgen. Es hieß, daß sie das Klima von Yorkshire nicht liebte und sich nach ihrer Geburtsstadt sehnte, und doch lebte sie einundzwanzig Jahre in Haworth bis zu ihrem Tod im Jahre 1842 und widmete sich ihrem Schwager und seiner mutterlosen Familie.

Die vier überlebenden Kinder, Charlotte, Emily, Anne und der Bruder Branwell, hatten eine Mutter aus Cornwall, an die sie sich kaum erinnerten, und eine Tante aus Cornwall, die sie in den entscheidenden Jahren unterwies. Diese Erbschaft spielte zweifellos eine Rolle in der Entwicklung späterer Größe, und wenn Emily Brontë und «Das Tal der heulenden Winde» stets in Verbindung mit den Mooren von Yorkshire genannt sind, so darf nicht vergessen werden, daß ihre Mutter und ihre Tante vor der eigenen Schwelle während Kindheit und Jugend den wilden Schauplatz der Moore, die Geschichten und Sagen von West Penwith hatten.

Elizabeth Branwell, geboren 1776, und ihre Schwester Maria, geboren 1783, waren zwei der elf Kinder Thomas Branwells und Anne Carnes, beide aus Penzance. Thomas Branwell war ein wohlhabender Kaufmann und Ratsmitglied seiner Zunft. Er besaß Land in und bei der Stadt und wurde sehr geachtet. Seine Familie wuchs in einem Haus auf, das über die Mount's Bay und St. Michael's Mount blickte, doch später in seinem Leben übersiedelte er in die Chapel Street 25, höher oben in der Stadt, in der Nähe der Marienkirche, die, als sie 1834 renoviert wurde, die Gemeindekirche von Penzance war.

Penzance war in den späteren Jahren des achtzehnten Jahrhunderts nicht bloß eine geschäftige Marktstadt, aber auch ein blühender Seehafen und einer der Prägeorte für Zinn. Im Jahre 1595 war die alte Stadt von den Spaniern geplündert und eingeäschert worden, und die neue Stadt, die an ihrer Stelle wuchs, hatte viele stattliche Gebäude aus Ziegeln und Stein und eine schöne Hauptstraße, die vom Quai zum Marktplatz auf halber Höhe des Hügels führte. Der Markttag war, als Elizabeth und Maria Branwell Mädchen gewesen waren, eine fröhliche Angelegenheit. Die Markthalle stand noch, und die Bauern und ihre Frauen pflegten sich auf den Stufen zu versammeln, nachdem sie aus den umliegenden Gebieten in die Stadt gefahren waren. Die Fischerfrauen trugen scharlachfarbene Mäntel und breite Filzhüte und boten mit viel Geschrei den Vorübergehenden ihre Waren an, den Damen des Klein-Adels und den Kaufmannsfrauen, die ihre Einkäufe selber besorgten.

Diese Damen von Penzance waren ihrer Haartracht halber berühmt, die sich in den Haken der über den Marktständen hängenden Stangen verfing. Da gab es eine Schöne, deren «tête», wie man das nannte, allgemein bekannt war, ein Aufbau von Bändern, Spitzen und einem Kissen, alles auf ihrem Kopf aufgetürmt. Das Gerücht wollte wissen, daß sie ihre Haartracht allzu lang unberührt gelassen hatte, und ihrer Kopfschmerzen wegen den Arzt holen lassen mußte, der ihre Erfindung entwirrte und darin ein Nest junger Mäuse und eine Menge Fliegenschmutz fand. Die Dame war gezwungen, sich den Kopf zu rasieren, doch sie bewahrte ihr Haar auf und ließ sich daraus eine Perücke machen, die aber, wie das Unglück wollte, an einem der Haken der Marktstände hängen blieb, so daß ihr kahler Schädel vor allen Augen entblößt wurde.

Vielleicht wurden Elizabeth Branwells braune Locken, über die ihre Nichten in Yorkshire und deren Freundin Ellen Nussey sich noch nach Jahren lustig machten, in Erinnerung an die Penzancer Mode ihrer Mädchenjahre, unter ihrer breiten Haube getragen.

«Sie trug Hauben, breit genug für ein halbes Dutzend der gegenwärtigen Mode und eine Reihe hellbrauner Löckchen über der Stirne», schrieb Miß Nussey. «Sie sprach sehr viel von ihren jüngeren Tagen, der Fröhlichkeit ihrer lieben Geburtsstadt Penzance in Cornwall und von dem gesellschaftlichen Leben, an das sie sich mit Wehmut erinnerte. Sie vermittelte einem die Vorstellung, daß sie unter ihren dortigen Bekannten eine 'Belle' gewesen war. Sie nahm Schnupftabak aus einer sehr reizenden goldenen Dose, die sie einem manchmal mit leisem Lachen anbot, als amüsierte sie sich über das leichte Entsetzen in den Zügen des andern.»

Wenn Miß Branwell ihre Nichten und ihre Yorkshirer Freunde gern entsetzte, so mußte sie die großen Lustbarkeiten in Penzance am Abend vor dem Johannistag sehr genossen haben, wenn sie und ihre Schwester Maria die jungen Burschen durch die Straßen ziehen sahen, brennende Fackeln in den Händen, hergestellt aus zusammengerollten und in Teer getauchten Stücken Segeltuch, die an das Ende eines Stocks genagelt und angezündet wurden. Diese Fackeln wurden um die Köpfe geschwungen, und wenn die Dämmerung einsetzte, wurden die Fackelträger immer wilder und lärmender. Teerfässer wurden in Brand gesteckt, Freudenfeuer loderten in der Mitte der Straßen. Kerzen wurden auf den Schwellen der Häuser angezündet. Sobald die Feuer begannen, niedriger zu brennen, liefen die jungen Leute, Burschen und Mädchen, durch die Straßen und riefen «Ein Auge! Ein Auge!» bildeten lange Reihen, hielten sich an den Händen, die letzten zwei in der Reihe hoben die Arme, um einen Bogen zu bilden, unter dem die übrigen singend durchliefen. Es ist verführerisch, sich die beiden Damen Branwell wildblickend mit ihren Gefährten durch die Straßen tanzend vorzustellen, aber auch wenn sie die Ausgelassenheit nur hinter den Fenstervorhängen beobachteten, nahmen sie doch an den Unterhaltungen eines ungehemmten Penzance am folgenden Tag, dem Johannistag, teil, der «allgemeinem Faulenzen, Wasserfahrten und Buden am Quai» gewidmet war.

Immerhin stellten sich in der Chapel Street, als die Branwellmädchen aufwuchsen, unheimlichere Ereignisse ein, denn im Nachbarhaus spukte es und nicht nur im Haus, sondern auch im Obstgarten und dem Garten, der es umgab. Unter den Bewohnern der Chapel Street war die Geschichte so bekannt, daß Elizabeth Branwell es gewiß nicht unterlassen hatte, ihren Nichten und ihrem Neffen an Winterabenden davon zu erzählen, wenn die junge Familie sich im Eßzimmer zum Tee einfand.

Das Haus war damals ein Herrenhaus und gehörte einer älteren Dame, einer Mrs. Baines. Der Garten und zumal der Obstgarten war ziemlich groß und mit schönen Apfelbäumen bepflanzt. Aus Angst vor Dieben befahl Mrs. Baines ihrem Diener, nachts über ihren Besitz zu wachen. Doch sie war mit seiner Leistung als Wächter nicht ganz zufrieden, und eines Abends ging sie selber in den Obstgarten, weil sie annahm, er werde sich gedrückt haben. Um ihm eine Lektion zu erteilen, schüttelte sie eine Menge Äpfel von den Bäumen. Wenn er heimkam, würde ihn das lehren! Doch sie hatte ihren Diener falsch beurteilt, der unter einem der kostbaren Bäume eingeschlafen war. Jetzt glaubte er, die vermeintlichen Diebe erwischt zu haben, sprang mit einem Schrei auf und feuerte seine Waffe, eine alte Donnerbüchse, auf seine Herrin ab.

«Ich bin ermordet! Ich bin ermordet!» kreischte die unglückliche Frau und fiel zu Boden wie einer ihrer eigenen Äpfel, und obgleich ihre Verwundungen nicht für schwer gehalten wurden, erholte sie sich nie mehr von dem Sturz und starb bald darauf.

Von diesem Augenblick an hieß es, im Obstgarten spuke ihr Geist. Wenn die Bewohner der Chapel Street an dem Grundstück vorübergingen, schworen sie, daß sie die Dame eines Abends unter den Bäumen spazieren gesehen hatten, angetan mit ihrem kurzen Seidenmantel, mit langen Spitzenrüschen, die von den Ellbogen herabhingen, und einer Spitzenhaube auf dem Kopf. In der rechten Hand trug sie einen Stock mit goldenem Knauf. Niemand wagte den Obstgarten zu betreten, und man ließ die Äpfel an den Bäumen verfaulen. Manchmal, hieß es, flattere sie im Garten aufwärts wie eine alte Henne, fliege vor dem Wind und setze sich auf die Mauer. Unter ihrem Rock waren die spindeldürren Beine und die hochhackigen Schuhe sichtbar. Kein Mensch hätte in diesem Haus wohnen wollen, denn sie wandelte von Zimmer zu Zimmer, rüttelte an den Möbeln, oder wurde auch, wenn es dunkel war, als Schatten erblickt, wie sie durch das Fenster schaute und eine zornige Faust schüttelte.

Schließlich wurde ein Geisterbeschwörer gerufen, ein Pfarrer namens Singleton, berühmt für sein Geisterbannen, und er war insofern erfolgreich, als er die ruhelose Mrs. Baines von Haus und Garten fort und an den Strand auf der westlichen Seite des Hafens lockte, wo sie aushielt, bis das Meer sie fortschwemmte. Dennoch blieb das Haus unvermietet, und noch Jahre später sagten die Nachbarn, sie könnten das Geräusch ihres Spinnrads hören, das sich in einem der Zimmer im Oberstock drehte.

Mrs. Baines war nicht das einzige Gespenst, das in der Chapel Street wandelte. Auch der Kirchhof der nahen Marienkirche war verwunschen, denn ein weißgekleideter Geist wurde dort erblickt, der zwischen den Gräbern wanderte. Doch eine noch grausigere Erscheinung sollte, wie man sagte, die Ruhe des Kirchhofs einer Nachbargemeinde stören, wo ein Mann begraben lag, der vergiftet worden war. Seine Frau war seines Mordes überführt und wurde, wie es sich gehörte, gehängt; ihre Schuld war eindeutig bewiesen, als man die Leiche ausgrub und Arsenik fand, das drei Männer getötet hätte. Es war aber nicht das unglückliche Opfer, das auf dem Kirchhof spukte, sondern das Gespenst der Mörderin, in ein Leichentuch gehüllt und an dem geschwollenen Hals die Spuren des Strangs. In stürmischen Nächten wurde sie gesehen, einen Spaten in der Hand, wie sie über dem Grab ihres Gatten stand, für alle Zeiten verdammt, jene nachzuahmen, die den Sarg ausgegraben und ihre Schuld bewiesen hatten.

Diese Geschichten aus Penzance und die Sage von Penrose bei Sennen, nur wenige Meilen entfernt, genügten, damit die Brontë-Kinder mit flammender Phantasie in ihre Betten krochen, um nach dem eigenen Kirchhof in Haworth und auf die Moore von Yorkshire hinter dem Pfarrhaus zu schauen, voller Ahnungen und köstlichster Ängste.

Das Klima war im Norden tatsächlich rauher, mit bitterkalten, häufigen Schneefällen im Winter, derentwegen ihre Tante im Haus blieb, in Holzschuhen über die Steinfliesen des Pfarrhauses klapperte und sich ständig klagend an die warmen, dunstigen Tage von Penzance im fernen Südwesten erinnerte. Wenn es dazu kam, die Gegenden zu vergleichen, war sie den Kindern auch über, denn sie konnte ihnen von dem weiten Schwung der Mount's Bay erzählen, von der ganzen Halbinsel Land's End, von den Fischerdörfern von Newlyn, Mousehole und St. Ives, zudem von der wilden Größe der Moore von West Penwith, die mit uralten Wurfringen und granitenen Grabsteinen geschmückt waren. Das waren in ihrer Einsamkeit und Schönheit Rivalen der Oakenden Stones auf dem Crow Hill, der ihren Nichten, ihrem Neffen, die in Yorkshire aufwuchsen, vertraut waren. Ponden Kirk, ein Felsen mit einem durch die Mitte getriebenen Loch, hoch oben auf dem Stanbury Moor und ein beliebter Kletterplatz der jungen Brontës hatte die gleichen Sagen und Traditionen wie der Mên-an-Tol-Stein in der Gemeinde Madron bei Penzance. Kroch man durch diesen Stein, so wurden alle Übel geheilt, und überdies sicherte man sich noch eine frühe Heirat. Die Felsen und Steine der Moore von Yorkshire, die als Penistone Crags in «Das Tal der heulenden Winde» berühmt wurden, besitzen die gleiche Herbheit, den gleichen fernen Glanz wie jene von West Penwith; für den Wanderer, der beide kennt, ist der einzige Unterschied, daß in Cornwall der Seewind ihn von allen Seiten umweht.

«Das Tal der heulenden Winde», schrieb Charlotte Brontë nach Emilys Tod, «war in einer wilden Werkstatt, mit simplen Werkzeugen aus schlichten Materialien gehauen. Der Bildhauer fand einen Granitblock auf einem einsamen Moor; er betrachtete ihn und sah, wie dem Felsen ein Kopf, wild, dunkel, unheimlich, entlockt werden könnte; eine Form, gemeißelt mit zum mindesten einem Element von Größe und Macht. Er arbeitete mit einem rauhen Meißel und nicht nach einem Modell, sondern nach Vision seiner Sinne.»

Diese Vision, von persönlicher Kenntnis und Betrachtung der Landschaft von Yorkshire genährt, wurde aus dem Innern gezogen, war ein Teil der Erbschaft, Emily Brontë von jenem Cornwall vermacht, das sie nie gesehen oder gekannt hatte.

Im Jahre 1812 fuhr Maria Branwell, neunundzwanzig Jahre alt und noch immer mit ihren unverheirateten Schwestern in Penzance lebend, zu Besuch nach Yorkshire, um bei einem Onkel zu wohnen, Mr. Joseph Fennell, einem Methodistenprediger und Leiter der Woodhouse Grove Wesleyan Academy. Hier lernte sie den Pfarrer Patrick Brontë kennen, den Sohn eines irischen Webers, sechs Jahre älter als sie, welcher Hilfspfarrer in Hartshead bei Dewsbury war. Sie gewannnen einander lieb und heirateten am 29. Dezember des selben Jahres in der Kirche von Guiseley bei Bradford. Ihre Familie wohnte der Trauung nicht bei, weil am demselben Tag Marias zweite Schwester, Charlotte, einen Vetter, Joseph Branwell, heiratete, und zwar in der Kirche von Madron, damals die Pfarrkirche von Penzance und berühmt durch jene «Wunschquelle», in deren Wasser die Mütter ihre nackten Kinder zu tauchen pflegten.

Maria Branwell kehrte nie nach Cornwall zurück. Drei Jahre nach ihrer Eheschließung vertauschte ihr Gatte seine Stelle in Hartshead mit der von Thornton, und 1820 wurde er Pfarrer von Haworth. Ihre sechs Kinder, alle binnen acht Jahren in Hartshead und in Thornton geboren, zehrten an Marias Gesundheit. Sie war schon eine kranke Frau, als sie nach Haworth kam, doch seelische Kraft und Liebe zu ihrem Gatten und den Kindern halfen ihr, die Qualen zu verbergen, von denen sie schon geplagt wurde. Im folgenden Januar erkrankte sie an Krebs und schwebte sieben Monate zwischen Leben und Tod, bis sie am 15. September 1821 starb. Über ihren Charakter, ihre Persönlichkeit ist wenig bekannt. Kein Bericht teilt uns mit, ob sie um Cornwall trauerte, und Briefe an ihre Familie und Freunde in Penzance sind nie bekannt geworden.

Daß sie ihr früheres Heim liebte, geht ganz klar aus einem Auszug eines Briefes hervor, den sie vor ihrer Hochzeit an Patrick Brontë schrieb:

«Wenn meine Liebe für Dich nicht so groß wäre, wie könnte ich so zufrieden mein Heim und alle meine Freunde aufgeben – ein Heim, das ich so sehr liebe, daß ich oft geglaubt habe, nichts könnte mich bestechen, darauf für irgendeine Zeitspanne zu verzichten und auf Freunde, mit denen ich so lange gewohnt war, all die Wechselfälle von Freude und Leid zu teilen?» Noch hätte sie sich leicht der Autorität eines Gatten gefügt. «Etliche Jahre bin ich vollkommen meine eigene Herrin gewesen, keiner wie immer gearteten Aufsicht unterworfen – so weit davon entfernt, daß meine Schwestern, die viele Jahre älter sind als ich, und sogar meine liebe Mutter mich gewöhnlich in jedem wichtigen Fall um Rat fragten.»

Das ist cornische Individualität, cornischer Stolz, beides Eigenschaften, die in den kommenden Jahren in ihrer Tochter Emily stark sein sollten. Selbst ihre letzten Monate, von ihrem Gatten in einem Brief an einen Freund geschildert, zeigen das gleiche seltsame Zurückweichen in innere Einsamkeit, mit der Emily Brontë siebenundzwanzig Jahre später ihre Familie peinigen sollte.

«Just zu jener Zeit schien der Tod seine Hand auf meine liebe Frau in einer Art gelegt zu haben, die sie mit rascher Auflösung bedrohte. Sie war kalt und still und bemerkte anscheinend kaum, was sich rund um sie begab. Einige Wochen später kam ihre Schwester, Miß Branwell, und spendete meiner Seele großen Trost, und so ist es seither immer gewesen, indem sie meine Arbeiten und meine Sorgen teilte und sich zu meinen Kindern wie eine zärtliche Mutter benahm. Bei der frühesten Gelegenheit berief ich verschiedene Ärzte, um meine geliebte Leidende zu untersuchen, doch all ihre Kunst war umsonst. Der Tod verfolgte sie unerbittlich. Ihre Konstitution war geschwächt, und ihre Gestalt schwand täglich dahin, und nach mehr als sieben Monaten einer größeren Marter, als ich je einen Menschen erdulden sah, schlief sie in Jesus ein, und ihre Seele nahm den Flug zu den Stätten der Herrlichkeit. Viele Jahre hindurch ist sie mit Gott gewandelt, doch der große Feind mißgönnte ihr das Leben in Heiligkeit und störte bei dem letzten Kampf häufig ihre Seele...»

Elizabeth Branwell blieb, um die Mühen und Sorgen bis zu ihrem eigenen Tod zu teilen. Es wird nirgends berichtet, daß sie, ebensowenig wie ihre Schwester Maria, je in das heimatliche Penzance zurückkehrte.

Diese beiden Frauen aus Cornwall, zu ganz andern Lebensformen in der Marktstadt erzogen, wo ihre Familie wohlbekannt war, beide nicht mehr jung, als sie ihr Heim verließen, brachten ihren eigenen Geist und unbezähmbaren Mut in das Pfarrhaus auf den Mooren von Yorkshire mit, um zwischen Menschen zu leben, die zwar gütig und gastlich, aber dennoch imstande waren zu finden, die Leute aus dem Süden seien «weichlich». Penzance war in Yorkshirer Augen ein Badeort für reiche Leute, die ihren Reichtum dem Handel verdankten, nie eine harte Tagesarbeit in einer Fabrik geleistet hatten, und Cornwall war eine ferne Grafschaft, angenehm umplätschert vom blauen Meer, wo Schlüsselblumen in den Hecken blühten und es nie schneite. Sie irrten sich, doch das war nicht ihre Schuld. Die Leute aus dem Norden überquerten im frühen neunzehnten Jahrhundert nur selten den Tamar. Weitere hundert Jahre mußten vergehn, bevor die alljährlichen Ferien Mode wurden, und Menschen aus Yorkshire zu Tausenden südwestwärts reisten, um Cornwall für sich selber zu entdecken.

Heute sind dem Verständnis keine Schranken gesetzt. Der Gast aus dem Norden erinnert sich mit einer gewissen Sehnsucht an die unbenützten Webstühle und leerstehenden Fabriken in der eigenen Heimat und kann mitfühlend die jammervollen Bergwerke in Cornwall betrachten. Hier findet er die Moorlandschaft, die er liebt und kennt, das Heidekraut und das Gestrüpp, ja, auch die jähen Stürme und prasselnden Regengüsse. Ein Liebhaber der Brontë-Romane, vertraut mit dem Pfarrhaus-Museum, wo die Schwestern ihre Bücher schrieben, kann mit gereifter Kenntnis in Penzance und West Penwith Umschau halten. Vieles von dem, was ihn bisher beirrt hatte, wird mit einem Mal klar. Haben die Schwestern Brontë nicht mit ihrem Bruder Branwell Inseln erfunden, als sie Kinder waren? Waren dort nicht die Festungen von Emilys Königreich Gondal, die Kerker, die Bürgerkriege? Entstammte das alles der Phantasie, Büchern, die sie gelesen hatten, oder Geschichten, die ihnen erzählt worden waren?

St. Michael's Mount, Wohnstatt von Einsiedlern, von Benediktinermönchen, von feudalen Baronen und rebellischen Grafen, Bollwerk des Royalisten Sir Arthur Basset im Bürgerkrieg, bis er es im Jahre 1646 dem Parlament ausliefern und später, verarmt, einem der Führer der Parlamentspartei, John St.

Aubyn, verkaufen mußte, dessen Nachkomme, gleichfalls ein Sir John, den ganzen Bau im Jahre 1760 modernisierte. Es beherrschte Mount's Bay, als Elizabeth Branwell ein Kind war, wie es auch heute noch die Bucht beherrscht. Sie mußte es an schönen und schlechten Tagen von dem Heim ihrer Kindheit in Penzance gesehen haben; und das Felseneiland mit dem Zugang, der bei Ebbe hinführte, vom Meer umgeben, das keine Besucher heranließ, wenn die Flut eintrat, wäre gewiß die stärkste und kostbarste ihrer Erinnerungen gewesen.

Welche Träume von Gefangenen und von Schiffbrüchigen, welche Schreie aus Kerkern, welche Sagen von sturmverschlagenen Seeleuten mußte diese «veraltete kleine Dame mit den braunen Löckchen» in den Seelen der Kinder seit langem geweckt haben, um in ihnen diese Erzählerkraft, diesen Sinn für Dramatisches zu erzeugen, durchwegs Wesenszüge des cornischen Charakters. Wie hatte sie sie unbewußt nach der Form der mütterlichen, längst verstorbenen Ahnen gebildet, allesamt Individualisten, rauh wie der Granit auf den Mooren von West Penwith.

XIII.

Häfen und Heringe

Wenn in der alten Zeit ein Mann in Cornwall nicht Zinn wusch, es unter der Erde grub oder sonst seinen Lebensunterhalt aus dem Boden zog, so konnte man wetten, daß sein Häuschen in einem der zahlreichen an der Meeresküste gescharten Dörfer lag und daß, wie seine Ahnen vor ihm, er sein Dasein mit Fischfang verdiente. Obgleich jedesmal, wenn er ausfuhr, gesagt werden konnte, er habe das Leben in die Hände genommen, war es in vielen Beziehungen doch eine weniger gefährliche Beschäftigung als das Zinngraben. Jeder Zinngräber hatte etwas von einem Spieler in sich. Das kostbare Erz konnte in diesen Kieselbächen neben dem Granit gefunden werden oder nicht. War er erfolgreich, so bestand die Möglichkeit, wenn nicht reich zu werden, so doch einer Periode einer gewissen Beständigkeit, solange der Bach oder die Grube produktiv blieben; hatte er keinen Erfolg, so gab es nichts als Entbehrungen für ihn und seine Familie, bis er es eben abermals wagte und Glück hatte.

Solche Bedrohungen waren dem Fischer fremd. Der Fisch war im Meer und würde ihn nicht im Stich lassen. Ein Übel für ihn und seine Gefährten, für sein Boot und seine Netze war die Gefahr, die ihn umgab, und die mit vernünftigen Vorsichtsmaßnahmen vermieden werden konnte. Die Tatsache, daß mancher Fischer ertrank und sein Boot zerschmettert wurde, war keine Folge seiner Unkenntnis, sondern der Wagelust, des Mutes, die durch sein Blut strömten wie durch das Blut seines Bruders, des Bergmanns. Er kannte sich mit dem Wetter aus, er wußte, wenn der Wind ihn mit der wechselnden Flut im Rücken faßte, konnten Wind und See sich erheben, und der geringste Irrtum in der Berechnung der Rückkehr in den Hafen konnte Gefahr, ja, ein Verhängnis bedeuten; doch sein Verlangen, einen reichen Fang mitzubringen und dem Wetter zu trotzen, siegte jedesmal über die Vorsicht. Was aber den Fisch anging, nun, so hatten Jahrhunderte der Erfahrung den Fischer gelehrt, welche Schwärme zu erwarten waren und in welcher Jahreszeit.

Die Hauptstütze des Handels war der junge, unreife Hering, Pilchard genannt, kleiner als der ausgewachsene Hering, ein wenig größer als eine Sardine; man stieß nur rund um die Küsten von Cornwall auf ihn und manchmal südwestlich von Irland. Die Pilchards wandern oder vielmehr wanderten um Mitte Juli vom Ozean her rund um die Scilly-Inseln auf die Küste von Cornwall zu und blieben bis November und Dezember in den Küstengewässern. Die Männer von Cornwall fingen wahrscheinlich Pilchards von den ältesten Tagen, von urdenklichen Zeiten an, diese Fische waren in den Sommermonaten frisch gegessen ihre Hauptnahrung, im Winter eingesalzen. Carew schildert in seiner «Besichtigung von Cornwall», wie sie gefangen wurden, eine Methode, die schon vor seiner Zeit im siebzehnten Jahrhundert nicht viel anders gewesen sein mag als heute. Es gab gewisse kleine Verschiedenheiten je nach dem Distrikt, doch die Zeitberechnung war die gleiche, die Erwartung der Schwärme im August, wenn jeder Mann, jede Frau, jedes Kind auf die alljährliche Aufregung, auf die harte Arbeit vorbereitet war.

Der erste Schritt war, einen Spähposten, «Huer» genannt, auf die Spitze der Klippe zu stellen, der nach einem Schwarm von Fischen Ausguck hielt. Mit einem Büschel Ginster in der Hand stand er auf seinem Platz und wartete auf einen dunklen Schatten im Meer, der die Schwärme verkündete. Unterdessen warteten Boote, Männer und Netze am Strand. Sobald bemerkt wurde, daß der dunkle Schatten die Oberfläche des Wassers kräuselte, schrie der Wächter «Hevva! Hevva!», schwenkte heftig sein Büschel nach rechts oder links und zeigte damit an, in welcher Richtung die gedrängten Tausende der Pilchards schwammen. Die Boote wurden ins Wasser geschoben, und das Schleppnetz wurde ausgesetzt, denn das Ziel war, den ganzen Schwarm zu fangen, wie man etwa Schafe in eine Einfriedung treibt. Ein zweites Netz wurde nun an das erste gebunden, die ganze Einrichtung bildete einen Kreis, und durch diesen Vorgang wurden die Fische buchstäblich umzingelt. Das große Ereignis für jene am Strand war nun, wie der springende, sich windende Fisch an die Oberfläche kam, wenn die Männer in den Schleppnetzbooten das zweite Netz hoben. Jedes Boot, das Fische aufnehmen konnte, wartete neben dem Netz, und mit einem Mal wurde die ganze Oberfläche lebendig, zischte und wallte wie ein Kessel, die Pilchards versuchten krampfhaft, dem umgarnenden Netz und der Flotte von Booten zu entfliehen. Manchmal waren die Schwärme so groß, daß die Fische, noch bevor die Schleppnetz-Boote in Stellung und die Netze ausgeworfen waren, aus eigenem Willen in die Nähe des Landes und auf den Strand getrieben wurden, wo sie dann schnappend und um sich schlagend wie ertrinkende Seeleute lagen und in jeden erreichbaren Eimer oder Korb geworfen wurden.

Die nächste Prozedur war, sie in Vehikeln aller Art vom Strand zu dem Haus zu bringen, wo sie eingesalzen wurden, und wo die Frauen schon warteten, um sie auf Salzlager zu legen. So blieben sie im Salz etwa fünf oder sechs Wochen, während welcher Zeit die Rückstände von Öl, Salz und Wasser, die in Steingruben darunter tropften, andern Zwecken dienten. Salz, Wasser und Abfall wurden zu Dünger verarbeitet, das Öl gereinigt und verkauft. Die Einnahmen für diese Nebenprodukte genügten, um die Dienste der Schleppnetzleute zu bezahlen. Die Pilchards aber – sofern sie nicht am Ort verkauft und für den Winter aufbewahrt wurden – und jeder Haushalt hatte seinen reichlichen Vorrat an gesalzenen Pilchards – wurden gewaschen, in große Fässer verpackt und dann nach dem nächsten Seehafen geschickt, um ins Ausland verschifft zu werden, da es, außerhalb von Cornwall, in England nur geringe Nachfrage nach Pilchards gab. Die Hauptmärkte waren Italien und Spanien, vor allem weil dort die Fastenzeit streng beobachtet wurde.

Pilchards wurden auch mit Treibnetzen weiter von der Küste entfernt gefangen ebenso wie Makrelen, ein anderer Fisch, der in den Sommermonaten manchmal in großen Schwärmen in die Nähe der Küste kam ungefähr wie die Pilchards, oder von schnell beweglichen Booten aus mit Köder und Leine geangelt wurde. Krabben und Hummer wurden im Sommer auch gesucht, die Töpfe versenkte man in der Nähe von Felsen und ließ sie einige Tage dort, wenn das Wetter sich zu halten verhieß, bevor man sie hob und an Land brachte. Dorsch und Leng wurden während der Wintermonate an der langen Leine gefangen, Merlan, Schellfisch und Barsch das ganze Jahr hindurch, doch jeder Fischer war ein Spezialist seines besondern Reviers und kannte die Tiefe des Wassers, darin er fischte.

Die inländischen Fischer mit ihren kleinen Booten kamen aus den kleineren Dörfern und Buchten und hielten sich zumeist in den Küstengewässern, doch die Wagemutigeren, die fern vom Land auf Heringfang auszogen, hatten größere, entsprechend bemannte Boote und segelten bis Irland und nördlich von Schottland. Dann kehrten sie längs der Ostküste von England zurück und gelangten so in den Kanal. Der Hafen von St. Ives, hufeisenförmig an der Westeite der geschwungenen Bucht gelegen, die zur Mündung des Hayle führt, war vor den vorherrschenden südwestlichen Stürmen geschützt, und obgleich der Hafen bei Ebbe trocken lag und die Wellen nur flach über die sandige Bucht spülten, konnten die Boote weiter draußen und längs der Nordküste fischen, während jene von den Fischerhäfen und Buchten im Kanal vom Wetter abhängig waren. St. Ives beherrschte den Fischfang an der Nordküste, und sein einziger Rivale war Padstow an der verschlammten Mündung des Camel. Kleinere Häfen wie Boscastle, Port Isaac, Newquay, waren bloße Dörfer und niemals ernsthafte Konkurrenten.

Die Fischerhäfen am Kanal hatten den Vorteil von im allgemeinen tieferem Wasser, manche hatten innere Häfen, deren Mauern bessern Schutz boten, wenn das Meer rauh war. Die große Bucht Mount's Bay, zwischen Land's End und Lizard Point, war ein ausgezeichneter Fischereigrund, die bedeutendsten Häfen waren Newlyn und dessen kleinerer Nachbar Mousehole. Porthleven, westlich von Looe Bar, war auch ein Hafen mit einer Flotte am Ort gebauter Boote, imstande, dem schwersten Wetter Widerstand zu leisten, und jede Bucht westlich und östlich von Lizard Point war stolz darauf, sich ein Fischerdorf zu nennen – Mullion, Cadgwith, Coverack, Porthoustock und Porthallow, bis zu den Mündungen des Helford und des Fal.

Östlich vom Fal bis Dodman Point, St. Mawes, Portscatho, Portloe und Portholland lebten alle vom Fischfang, während östlich vom Dodman Mevagissey, Gorran, Polperro und Looe bis zu Rame Head und Plymouth Sound den Schauplatz beherrschten. Fowey mit seinem Tiefwasserhafen war vor allem und fast ausschließlich ein Seehafen und besaß nie eine eigene Fischerflotte.

Das Aufkommen der Eisenbahn brachte den Fischern von Cornwall einen gewaltigen Aufschwung. Die Leute von St. Ives, Newlyn und Mousehole konnten ihre frischen Fische mit dem Zug von Penzance nach London befördern, während Truro, Par und Liskeard die Häfen und Dörfer weiter oben am Kanal bedienten. Es schien, als käme endlich Reichtum zu jenen Bewohnern von Cornwall, die vom Meer lebten. Das Dasein von der Hand in den Mund wäre vorbei, die alljährliche Erwartung der Pilchardernte wäre nicht länger das größte Ereignis des Fischereijahres, sondern ein Teil der jahrzeitgemäßen Fänge. In jedem einigermaßen beachtlichen Hafen von St. Ives bis Looe wurden Fischerboote gebaut, deren Form und Größe den lokalen Bedürfnissen entsprechen sollten.

Die Boote von St. Ives waren gewöhnlich Doppelender, vorn und hinten spitz zulaufend, das schmale Heck hob sich infolgedessen leicht und bot den kurzen Brechern der Bucht von St. Ives nur wenig Widerstand. Sie waren von geringem Tiefgang, und das befähigte sie, bei Ebbe mühelos auf dem sandigen Hafengrund zu hocken. Diese Boote unterschieden sich in Form und Größe je nach dem Zweck, für den sie gebaut waren. Die größeren Schiffe wurden dazu benützt, von März bis Juni die Makrelen zu verfolgen, dann aber fuhren sie der Heringe wegen auf den Ozean hinaus und blieben manchmal bis zum Herbst fort. Die kleineren Schiffe, welche die Schleppnetze für die Pilchards trugen, kehrten immer wieder in den Hafen zurück. Vor hundert Jahren gab es etwa sechzig oder mehr Lugger, Küstenfahrzeuge nach dem viereckigen Luggersegel benannt, vorn und hinten an einer einzigen Rahe befestigt, und etwa zweihundertfünfzig Schleppnetz-Boote, alle im Hafen von St. Ives. Die Boote von Mount's Bay waren auch Doppelender, doch hinter dem Lizard, wo die Häfen tiefer und die Bedingungen im Hafen und auf See anders waren, wurde das Falmouth Quay-Punt beliebt, ein Schiff mit einem viereckigen Heck und einem tiefen Kiel. Ähnliche Boote wurden auch in Mevagissey und Looe gebaut.

Die fünfzig Jahre zwischen dem Aufkommen der Eisenbahn und dem Ende des neunzehnten Jahrhunderts bedeuteten den Höhepunkt des Fischhandels von Cornwall. Wilkie Collins, Walter White und Alphonse Esquiros, die unermüdlich bis Land's End wanderten, sahen sich knietief in Fischen stehn, als sie nach Newlyn und St. Ives kamen. Zumal Alphonse Esquiros war enttäuscht, denn was seiner Meinung nach ein griechisches Dorf gewesen sein mußte, hatte sich allzu rasch in einen aufdringlich riechenden Pilchardhafen verwandelt.

«St. Ives», schrieb er mißgelaunt, «gewinnt nicht, wenn man es näher besichtigt. Je schöner seine Lage ist, desto mehr scheinen seine engen, gewundenen Gassen angetan, die Besucher traurig zu stimmen und Illusionen zu verscheuchen. Es ist durch und durch eine Fischerstadt. Fast alle Häuser haben außen Steintreppen, die zum ersten Stock führen, wo die Familien leben, während das Erdgeschoß von Fischkellern besetzt ist. Diese strahlen durch den bewohnten Teil des Hauses Düfte aus, die nichts weniger als angenehm sind, zumal in der Pilchardzeit; aber die Fischer riechen in diesem Fisch einen Geruch, der ebenso gut ist wie ein anderer – den Duft von Gewinn und Wohlstand.» Alphonse Esquiros' «Cornwall und seine Küsten» wurde 1865 geschrieben. Einige dreißig Jahre von «Gewinn und Wohlstand» sollten die Herzen der Fischer erfreuen, bevor der Niedergang einsetzte. Die Pilchards waren die Ersten, welche die Küsten von Cornwall verließen. Welche Wanderungsgesetze sie veranlaßten, ihre Richtung zu ändern, konnte niemand deuten, doch bald nach der Wende des Jahrhunderts hörte die allsommerliche Masseninvasion auf, die Schleppnetz-Boote warteten umsonst, der Ruf des «Huers» wurde nicht mehr vernommen, die Boote mußten weit hinaus aufs Meer fahren, um die Schwärme auf ihren Wegen zu suchen. Die letzten großen Pilchardfänge in der Nähe der Küste erfolgten in der St. Ives Bay in den Jahren 1905 und 1907.

Schlimmeres noch sollte kommen, denn zu Beginn des zwanzigsten Jahrhunderts entdeckten die Fischer von Cornwall, daß sie nicht allein in ihren Gewässern fischten. Treibnetzfischer-Boote fuhren von der Nordsee südwestwärts, von der Ostküste kamen die Männer aus Lowestoft, Yarmouth und anderen Häfen mit größeren, stärkeren Schiffen, und zu ihnen gesellten sich die Schleppnetzschiffe der Franzosen von jenseits des Kanals. Die Männer von der Ostküste versahen ihre Schiffe mit Motoren, während die Männer von Cornwall noch immer von ihrem Luggersegel abhingen. Ein wilder Wettbewerb brachte nicht bloß den Markt in Verwirrung, sondern verdarb auch die Fischereigründe. Der Erste Weltkrieg mit seiner Einberufung der jüngeren Männer war abermals ein schwerer Schlag für die Fischer in Cornwall, und obgleich sich der Handel zwischen den Kriegen einigermaßen erholte, wuchs auch der Konkurrenzkampf, und heute sind, trotz Dieselmotoren, trotz der Zwölfmeilenzone für ausländische Fischerboote, trotz Regierungshilfe und mutigen Bemühungen jener Fischer von Cornwall, die entschlossen sind, ihre alte Berufung erfolgreich zu gestalten, die Aussichten noch immer fraglich.

Es ist betrüblich festzustellen, daß die wahre Flotte von Schleppnetz-Booten, die Alphonse Esquiros im Jahre 1865 im Hafen von St. Ives gesehen hatte, im Jahre 1924 nicht mehr vorhanden war – alle waren zu Feuerholz zerschlagen worden. Ungefähr das Gleiche ereignete sich in andern Fischereihäfen, Mevagissey, Polperro und Looe, Häfen, die einst gedrängt voll von Fischerbooten waren. Die größeren Boote wurden nach und nach nicht mehr gebraucht, das Verdeck vermoderte, die Seiten zogen Blasen, der Motor war verrostet, und die unglücklichen Besitzer schlenderten müßig am Quai herum.

Als ich etwa zehn Jahre vor Ausbruch des Zweiten Weltkriegs in Bodinnick am Fowey wohnte, waren die kleinen Flotten, die aus ihren Fischerdörfern in See stachen, ein reizvoller Anblick, Reihe um Reihe von Booten von Looe und Polperro an einem Sommerabend westwärts segelnd. Später, als es dunkel wurde und ich mich aus dem Fenster beugte, das den Hafen überblickte, winkten ihre Lichter vom fernen Horizont, wie sie das zweifellos Jahrhunderte hindurch getan hatten, die Boote bemannt mit denselben Familien, Generation nach Generation, vom Vater zum Sohn. Zu jener Zeit war ich die stolze Besitzerin eines Quay-Punts, gebaut in Slades Yard, Polruan, wo in vergangenen Zeiten auch Schoner gebaut wurden, und von romantischen Gedanken befeuert, ohne eine Ahnung von Fischen und Segeln, steckte ich mein Geld in ein Boot mit viereckigem Heck und sah es schon gewaltige Fänge in den Hafen bringen. Doch die Ernte war allzu oft ungenießbarer Rochen oder ein Tintenfisch, der eine blau-schwarze Flüßigkeit ausspie, wenn man ihn auf das Deck warf, aber salzige, von nassen Tauen aufgeriebene Hände gaben mir das Gefühl, ein Seemann zu sein, und mein Herz freute sich, wenn auch mein Magen sich hob.

Später kauften mein Mann und ich ein Fischerboot aus Mevagissey, ursprünglich gebaut in Porthleven in der Mount's Bay. Wir nannten es «Restless», und obgleich es nie östlich vom Fluß Hamble im Solent, dem Meeresarm, der die Insel Wight vom Festland trennt, oder westlich vom Fluß Helford in unseren eigenen Gewässern fuhr, hielten wir uns doch für Seemänner nach unserer eigenen Façon, uns, die wir zu unserm Vergnügen und für unser Abendessen fischten, und begrüßten jene, die damit ihren Lebensunterhalt erwarben, als Kameraden, wenn wir den Kanal hinuntersegelten, mit der gleichen tief befriedigenden Aufgabe beschäftigt.

«Restless», wie viele andern Fischerboote von Cornwall, beendete ihre Tage als Hulk auf einem Strand, ein abgewracktes Opfer erzwungenen Mangels an Fürsorge während der sechs Jahre des Zweiten Weltkriegs. Im Hafen von Mevagissey liegen heute etwa sechs Schiffe ihrer Größe. Die lebhaften offenen Boote von Mevagissey sind sowohl bei den Fischern beliebter, die sie mit größerer Geschwindigkeit zwischen Fischgründen und Hafen manövrieren können, wie auch bei den Sommergästen, die dichter gepackt als die Pilchards, an deren Stelle sie getreten sind, zu einem «Ausflug rund um die Bucht» seewärts schaukeln.

Der Fischfang dauert natürlich an; Krabben, Hummer, Krebse werden von den Leitern der Gasthäuser und Hotels gesucht. Seezunge, Scholle und Lachs – der Oberlauf des Fowey ist oder war ein günstiger Jagdgrund für ihn und einen kleineren Verwandten – sind auch für den Tisch des Gastes gefragt, während der Merlan – meist in großen Mengen vorhanden – an zweiter Stelle steht, und die Makrele, die man am besten gleich nach dem Fang ißt, und die Renke, von der ein wenig begeisterter Esser behauptet, sie schmecke wie Baumwolle mit Nadeln darin, den nicht gar so verwöhnten Magen der Eingeborenen befriedigen.

Pilchards werden nicht mehr von den cornischen Hausfrauen für den Winter eingesalzen, aber sie werden noch immer gefangen, wenn sie auch nicht mehr zu Tausenden an die Küste schwärmen, und eine Konservenindustrie begann vor dem Zweiten Weltkrieg einen erfolgreichen Handel in Mevagissey, exportierte nach Italien und andern Mittelmeerländern, ja, sogar bis nach Alexandria in Ägypten. Hier zwang im Jahre 1937 mein Mann als Kommandant eines Grenadierbataillons, entzückt von dieser Entdeckung, seine widerstrebenden Leute dazu, die, in glühenden Temperaturen schwitzend, vorgezogen hätten, ihren Durst zu stillen und mit der ägyptischen Melone eine Dysenterie zu riskieren. An unserem Tisch setzten wir unerwarteten Baumwollkönigen und ihren Frauen Pilchards vor, und sie aßen sie, ohne zu protestieren. Schließlich waren diese Fische eine Abwechslung von dem ewigen Curryreis und den Garnelen. Unsere Geste mag den Wohlstand der Konservenfabrikanten von Mevagissey nicht gehoben haben, aber sie befriedigte unser eigenes Heimweh.

Heute sprechen diese Fabriken davon, zuzusperren, nicht, wie sie sagen, weil es keine Pilchards mehr gibt, sondern weil die Fischer sich nichts aus diesem Fang machen. Es lohne die Zeit nicht. Sie können mehr Geld verdienen, wenn sie ihre Boote mit Sommergästen füllen. Der Streit dauert an, doch wenn die Fabriken schließen, wird das abermals ein Kennzeichen der geänderten Lebensform in den Fischerhäfen von Cornwall sein.

St. Ives und Newlyn – insbesondere Newlyn – kämpfen gegen die Konkurrenz der Fischerboote aus der Nordsee, doch der Knabe, der die Schule verläßt, will nicht länger den Beruf seines Vaters, oft auch seines Großvaters ergreifen. Selbst größere Boote mit starken Dieselmotoren haben nicht mehr die Anziehungskraft, die sie vor zwanzig, dreißig Jahren gehabt hätten. Man geht nicht gern zur See, wenn der Fisch, selbst in Mengen, kümmerliche Erträge auf den Märkten liefert.

Fische zum Spaß und nicht als Nahrungsmittel zu töten, ist ein nutzbringendes Geschäft, und Haifischjagd ist der neue «schickliche Sport» längs der Küste von Cornwall. Starke Boote mit kräftigen Motoren sind für dieses Abenteuer notwendig, mit den modernsten Landevorrichtungen ausgestattet, und der Besucher, der mit Geld werfen kann, darf sich in der Rolle eines weißen Jägers auf einer Safari zur See gefallen, und das Wild ist der ungenießbare Hai, dessen Haut nicht einmal das Abziehen lohnt. Die Ausrede, die der Jäger zur Begründung dieses Vergnügens angibt, ist, daß Haifische die natürlichen Feinde der Fischer sind und ihnen die Netze zerreißen. Trifft das zu, so hat man es erst in den letzten Jahren entdeckt. Vielleicht wird der Tümmler die nächste Beute sportlicher Kunst sein; an einem stillen Sommertag macht sein träges Wälzen ihn zu einem leichten Ziel für Flinte oder Harpune.

Wasser-Ski ist auch ein Köder, um die anströmenden Touristen zu locken. Jedes Motorboot ist dazu geeignet, wenn es nur genügende Schnelligkeit entwickelt, aus einer Bucht mit Vollgas hinausrasen kann und dann auf offener See wendet, ohne den nahen Schwimmern die Köpfe abzuschneiden. Und wenn auch das versagt, gibt es immer noch den Unterwasserfang, wenn der Schwimmer, entsprechend in Gummi gehüllt und mit einem Taucherhelm ausgestattet, sich in die Tiefen wagen und einen Plattfisch aufspießen kann, der im Meer oder auf dem Flußbett döst – ein Sport, der bei den ortsansässigen Fischern, denen Fische den Lebensunterhalt bieten, kaum sehr beliebt ist.

Im Hafen, ob nun in St. Ives oder in Mevagissey, in Looe oder in Polperro wird für den Gast, der nicht ausfahren will, auf andere Art gesorgt. Er kann seinen Wagen mit hundert andern am Quai parken, in die engen Gassen schlendern und Schmuckläden besichtigen. Vor nicht langer Zeit erklärte ein Enthusiast: «Cornwall muß der Spielplatz von ganz England werden!»

Zweifellos war das ein Mann von Weitsicht.

Die Fischerdörfer von Cornwall könnten vielleicht der Ausbeutung dienen wie die Costa Brava Spaniens, wenn es nicht einen Faktor gäbe – das cornische Klima. Ferienreisende, gleichgültig welcher Nationalität, suchen vor allem die Sonne. Spielplätze gedeihen nicht unter Regen. Erdarbeiter, Steinklopfer, Zinngräber, ja, sogar Bauern und Gärtner mögen murren, doch sie scheuen den aufkommenden Wind und das ständige Geriesel nicht. Fischer können ausfahren, wenn es nicht gerade stürmt. Doch der Tourist, der in Shorts und Miniröcken friert, wird am Ende anderswo Trost suchen.

Unterdessen können die Menschen, die durch Geburt oder Adoption hier ihre Heimat haben, von Erinnerungen zehren. Wenn Buchten und Strände, bedeckt von Eiscremetüten, Zigarettenpäckchen, Hühneraugenpflastern und empfängnisverhütenden Mitteln, den Schwimmer abschrecken und der Lärm von Radios, Motorbooten und bellenden Hunden die Luft besudelt, dann reise ich etwa fünfundfünfzig Jahre bis 1912 zurück, beobachte andere, wildere Bilder, lausche unheimlicheren Tönen. Ich bin fünf Jahre alt, schlafe fest im Bett neben meiner älteren Schwester an einem Sommerabend in einem Haus in der Mullion-Bucht. Unsere Eltern, wie andere Feriengäste vorher und nachher, waren, über das Wetter entsetzt, nach Frankreich geflohen und hatten uns in der Hut einer Aushilfs-Gouvernante, einer Kinderfrau und eines Dienstmädchens zurückgelassen. Plötzlich wurden wir geweckt, weil unsere Hüterinnen außer sich ins Zimmer stürzten, lachten und gestikulierten, bis ihre ganze Würde verschwand. Sie rissen uns aus unseren Betten, warfen Mäntel über unsere Nachthemden, zogen uns Strandschuhe über die Füße. Was war geschehen? Feuer? Springflut? Was brüllten die Leute vor unseren Fenstern? Wir werden in aller Eile vom Haus zum Rand der Klippen geschleppt, und dort ist ganz Mullion versammelt, zeigt mit ausgestreckten Armen, schreit, schaut in die bewegten Gewässer der Bucht. Gouvernante, Kinderfrau und Kindermädchen, wie wir fremde Gäste in Cornwall, die nie in dem Heiligtum des Kinderzimmers oder des Schulzimmers ihre Hände mit stinkenden Fischen beschmutzt haben, kreischen uns in die Ohren:

«Die Pilchards sind da... die Pilchards sind da!»

Ich schaue verwirrt, erschreckt, gefesselt vom Klippenrand hinunter auf das, was im schwindenden Licht wie eine glitzernde Unterwelt aussieht. Das Wasser ist eine wirbelnde Masse von Fischen, die kämpfen, um zu entrinnen; und Menschen in Booten und am Strand lachen und schreien wie die Wächter auf den Klippen, und hinter uns brüllt einer mit Fistelstimme. Ich schaue hilfesuchend zu der Gouvernante auf, doch das Fieber hat auch sie ergriffen, ebenso wie die Kinderfrau und das Dienstmädchen, und sie fangen an, mit uns längs der Klippen zu dem Brüller zu laufen, sie lachen, sie schwenken die Arme, das sonst zu einem Knoten gebundene Haar der Gouvernante fällt ihr offen über den Rücken. Meine sehr erregte Schwester ist dem Weinen nahe. Ich bin beunruhigt, nicht so sehr wegen des Schauspiels um und unter uns, als durch das außerordentliche Benehmen unserer Hüterinnen. Kommt es daher, daß meine Mutter, deren Wort Gesetz bedeutet, fortgefahren ist? Ist all dieser bestrickende Wahnsinn ein Verlangen nach Freiheit? Zeigt er, daß die Erwachsenen, nicht anders als die Kinder, zu entrinnen suchen?

Pilchards... Pilchards... Pilchards...!

Das primitive Durcheinander einer cornischen Welt ist zur Tollheit geworden. Man hebt nicht länger drohend den Finger gegen uns, wir sind nicht in unseren dummen Betten eingesperrt. Hier endlich ist Ungezügeltheit, ist Freiheit, ein seltsamer, nie zuvor erlebter Aufschwung, und wir entdecken, daß Gouvernante, Kinderfrau und Dienstmädchen nicht unfehlbar sind. Ich laufe neben ihnen, mache mich insgeheim über ihren Sturz aus der Würde lustig und bin doch erfüllt von einem jähen, wilden Entzücken.

XIV.

Freibeuter

Schmuggeln ist ein Wort, bei dem man sich Männer mit schwarzen Binden über den Augen vorstellt, gekleidet in gestreifte Wolljacken, mit Zipfelmützen, wie sie Fässer mit Branntwein und Rum in geheime Keller rollen. Wie König Artus und seine Ritter, die über das Moor nach Tintagel galoppieren, ist auch dieser Begriff unmittelbar mit Cornwall verbunden, obgleich das Handwerk die englische Küste hinauf und hinunter überall betrieben wurde. Der Wunsch, dem Gesetz einen Streich zu spielen, ist geradezu ein grundlegender menschlicher Instinkt, bis in den Nebel der Zeiten zurückreichend. Gesetze, heißt es, sind dazu da, um gebrochen zu werden, und der redlichste Mensch spürt das Prickeln des Vergnügens, wenn es ihm, durch schlaue Mittel, gelingt, die Obrigkeit übers Ohr zu hauen.

Die Leute von Cornwall, niemals ein sehr gefügiges Volk, erkannten die Möglichkeiten dieses Spiels im zwölften Jahrhundert, wenn die «Zinner» sich in den Prägeorten versammelten und dort mit Beamten, Londoner Kaufleuten und all dem kleinen Gemüse zusammenkamen, das bei diesem Vorgang auch einen Schnitt für sich erwartete. War der angebotene Preis eher enttäuschend und steckte der «Zinner» bereits in Schulden, so war es leicht genug, einiges von dem Metall zu verkaufen, solange es noch im Schmelzhaus war, bevor man es in die Prägeorte gebracht hatte und es dort gewogen, geprägt und verkauft worden war. Die «Zinner» hatten immer «Kontakte», wie man das heute nennen würde, wandernde Kesselflicker und Hausierer, die einen vernünftigen Preis zahlten, um das Zinn nachher Seeleuten im nächsten Hafen zu bringen, die es nach dem Festland verkauften. Das war eine Art, um sich gegen Verluste bei einem Handwerk zu schützen, das auch in den besten Zeiten ein Hasard war.

Als sich die Zinnindustrie in den späteren Jahrhunderten erweiterte, wuchs auch diese Übung, ein ständiger kleiner Betrug vollzog sich an den Bächen oder bei den Bergwerken, zumeist waren es die ärmeren Zinngräber, die ihren Lohn verbessern wollten, sobald einmal der Grundbesitzer den Betrieb übernommen hatte, und immer lockte das gleiche Ziel: was man hatte, an ausländische Seeleute loszuwerden oder sich mit dem Kapitän eines Schiffs in Verbindung zu setzen, das von Cornwall nach einem Festlandhafen fuhr. Für die Besitzer dieser Schiffe war das ein nutzbringender Handel zwischen Kriegen, wenn das Zinn unter einer erlaubten Fracht für die Bretagne, für Portugal oder das Mittelmeer entsprechend verborgen war. Sie kamen gleichfalls mit Schmuggelwaren zurück – Branntwein, Tee, Salz. Zumal das Salz war für die Pilchardfischer eine Notwendigkeit, denn es traf sie schwer, als gegen Ende des achtzehnten Jahrhunderts die Salzsteuer eingeführt wurde.

Schmuggel oder Freibeuterei, wie es vornehmer genannt wurde, fiel den Leuten von Cornwall leicht, denn viele von ihnen, die an der Küste lebten, besonders in Häfen wie Fowey, Looe, Penryn am Fal oder Penzance, hatten sich im fünfzehnten und sechzehnten Jahrhundert zu Piraten entwickelt. Auch hier stimmt das Bild von der schwarzen Binde vor den Augen und der Zipfelmütze auf dem Kopf gar nicht mit einer Übung, die in Wirklichkeit eine Erbschaft des Hundertjährigen Krieges war, als die Häfen von Cornwall Transportschiffe bereitstellten, um die Armeen der Plantagenets über den Kanal zu befördern. Die Besitzer dieser Schiffe fanden es einträglich, ein französisches anzugreifen und zu entern, die Mannschaft zu besiegen, die Fracht zu plündern und das Schiff entweder zu versenken oder als Prise heimzubringen.

Das Ende des Krieges beeinflußte diese Unternehmungen nur wenig – die Lust blieb. Die vornehmen Herren von England, die nicht in Agincourt an der Seite Heinrichs V. gekämpft hatten, waren gewiß nicht auf der faulen Haut gelegen, zum mindesten nicht in Cornwall. Sie waren irgendwo auf hoher See, bedrängten französische Schiffe oder lauerten ihnen vor der normannischen Küste auf. Die Helden von Fowey, berühmt wegen ihrer Plünderungsfahrten, sahen sich einmal getäuscht, als eine bretonische Flotte im Jahre 1457 die Stadt in Abwesenheit des führenden Bürgers, Thomas Treffry, angriff, dessen Wohnsitz, Place House, von seiner Frau tapfer verteidigt wurde, während die halbe Stadt in Flammen stand.

Hundert Jahre später, obgleich diese Großtaten andauerten, waren ihre Ziele die Spanier und nicht die Franzosen, und die Familie Killigrew von Arwennack am Fal lieferte die bedeutendsten Kaperkapitäne, die Bezeichnung, die diesen Glücksrittern gegeben wurde, denen die Regierung bewilligt hatte, ihre bewaffneten Schiffe gegen den gemeinsamen Feind zu gebrauchen. «Privateer» nannte man diese Kaperkapitäne, wohl zu unterscheiden von Piraten, denn kapern war erlaubt, während Seeräuberei von den Behörden ungern gesehen wurde, doch bevor der Krieg zwischen England und Spanien ausbrach, nahmen die Killigrews die Mißbilligung der Behörden nicht zur Kenntnis, ebenso wenig wie andere Herren aus Cornwall, und sie hatten die Genugtuung, ihre Keller mit der spanischen Beute zu füllen.

Nicht immer fielen die Dinge nach ihren Wünschen aus. Die Vergeltung kam von andern Seiten, wo man nicht anders dachte als in Cornwall. Als der spanische Krieg vorüber war, fuhren Piraten aus Algerien und Marokko, die ihren Beruf besser verstanden als die Leute von Cornwall, nach Mount's Bay und versetzten die Einwohner von Penzance in Schrecken. Sie segelten sogar den Kanal entlang bis Looe und raubten in diesem kleinen Hafen allein achtzig Schiffe.

Während der Zeit der Republik und nach der Wiederherstellung der Monarchie hielt eine neugebaute Flotte die Fremden in Schach; damit war die Seeräuberei als lukrativer Sport der Leute von Cornwall zu Ende. Aus den Kaperkapitänen wurden Freibeuter. Die Schiffe, welche früher die französischen und spanischen Küsten bedrängt hatten, schlüpften jetzt in fremde Häfen, und zwar auf einer neuen, freundlicheren Grundlage, auf der Suche nach Schmuggelware nämlich. Es war eine Jagd, ein Spiel, dessen alle, mit geringer Unterscheidung des Ranges, sich freuten. Der «Zinner», dem es schlecht ging, der Fischer auf der Suche nach Salz, der Gutsherr, der seinen Branntwein schätzte, die Frau des Gutsherrn, die sich in Spitzen kleidete, sogar der Pfarrer der Kirchgemeinde, häufig ein Vetter des Gutsherrn, jeder freute sich auf seine eigene Art an dieser fragwürdigen, wenn auch höchst beliebten Verhöhnung des Gesetzes. Die Notwendigkeit geteilter Gefahr bildete ein Band zwischen allen Parteien. Der Besitzer des Schiffs, ob Frachtschiff oder Fischerboot, mußte, wenn er auf hoher See war, den Zollkuttern entgehn und über seine Schmuggelware verfügen, bevor er in den Heimathafen einlief. Zwischen ihm und den örtlichen Fischern wurden Signale gewechselt. Die kleineren Häfen, die engeren Einfahrten, deren es rund um die Küste von Cornwall Legionen gibt, waren für diese Zwecke ideal geeignet, und wenn Wind und Gezeiten und Mond günstig standen, gab es ein Stelldichein des Schmugglerschiffs mit einem kleinen Fischerboot auf offener See, und die Ware wurde von dem einen auf das andere verladen. Dann fuhr das Handelsschiff in aller Unschuld in seinen wahren Bestimmungshafen ein, während die Komplizen in dem kleinen Fischerboot die Ware an Land brachten.

Die nächste Stufe des Vorgangs mochte sich als gefährlicher erweisen. Die Schmuggelware mußte zunächst versteckt werden, nicht unbedingt in den unvermeidlichen Höhlen von Roman und Sage, doch oft in den Häusern oder Vorratsräumen gefälliger Leute, die in der Nähe wohnten, häufig Kaufleute, die Zugang zu Lastwagen hatten, oder benachbarte Bauern oder auch der Gutsherr des Ortes mit passenden Kellern. Wesentlich war die richtige Zeiteinteilung, denn die Zollbeamten waren ständig wach. Sie mußten entweder überlistet oder auf eine falsche Spur gelenkt werden, während die Träger der Schmuggelware ihre Ware von einem Versteck ins andere brachten, von wo sie dann endgültige Abnehmer fand.

Die Zollbeamten waren der Bestechung zugänglich. Der gefällige Gutsherr war häufig gleichzeitig eine Magistratsperson. Heiraten unter den Bewohnern stellten verwandtschaftliche Beziehungen zwischen vielen Familien im Dorf oder in der Kirchgemeinde her, und das verpflichtete dazu, einander die Treue zu halten. Es gab einen Ehrenkodex zwischen Schmugglern, ganz gewiß innerhalb der einzelnen Distrikte. Was in andern Dörfern an der Küste geschah, war eine andere Geschichte, denn die Schmuggler arbeiteten in einem engen Kreis. Die einzigen Männer, die bereit waren, von einem Distrikt in einen andern zu ziehen, waren die Zinngräber, Vermittler bei so manchem Streich.

Jeder Hafen, jedes Fischerdorf hatte seinen lokalen Helden, obgleich die wahren Namen heute schwer aufzuspüren sind, mit zahlreichen Geschichten am Kaminfeuer von verzweifelten Taten und schweren Kämpfen zwischen den Vertretern des Gesetzes und ihren schmuggelnden Gegnern. Diese Geschichten übertrugen sich von einer Familie zur andern, wurden dabei übertrieben und ausgeschmückt, unbewußt mit früheren Traditionen vermischt, die noch in die Tage der Seeräuberei zurückreichten, oder mit sagenhaften Geschehnissen, die sich im Nebel der Zeit verloren.

Die Blütezeit für die Freibeuter war das achtzehnte Jahrhundert, als die industrielle Revolution die alten Lebensformen aus den Fugen brachte, Vermögen wurden in Zinn und

Kupfer gemacht oder verloren, und die Gesellschaft teilte sich in «Habende» und «Habenichtse», welch letzte froh genug waren, an jedem Streich teilzunehmen, der ihnen helfen konnte, die Bäuche zu füllen, während die bereits Wohlhabenden nach größerem Reichtum gierten.

Der berühmteste unter den Schmugglern Cornwalls, hochgeschätzt in seinem Beruf und allgemein bekannt, war wahrscheinlich John Carter, der Frachten zwischen der französischen Küste und seinem eigenem Heim oberhalb der Prussia Cove beförderte, eine Einfahrt in die Mount's Bay östlich von Cudden Point. Er und sein Bruder Harry hielten sehr auf strenge Zucht und tadelloses Verhalten; kein Mann, der für sie arbeitete, durfte sich irgendwelche Ausschreitung erlauben, und der Ruf ihrer Redlichkeit war so groß, daß sogar die Zollbeamten sie respektierten und erklärten, die Brüder nähmen nur, was ihnen zustand. John Carter führte ein Gasthaus, den «King of Prussia», und seine Fischkeller in den Klippen unterhalb des Gasthauses waren Vorratsräume für Schmuggelwaren. Hier fuhr er eine Batterie von Sechspfündern auf, um Eindringlinge zu vertreiben, und eines Tages beschoß er damit eine Korvette, die sich für seinen Geschmack zu nahe herangewagt hatte. Das verursachte, wenigstens zeitweilig, sein Verderben, denn der Kapitän des Kriegsschiffs sandte seine Leute an Land, um die Batterie zu zerstören; doch der König von Preußen, wie seine Freunde ihn nach seinem Gasthaus nannten, herrschte noch bis zum Jahre 1807.

Ein anderer wohlbekannter Schmuggler, Wellard, Besitzer der «Happy-Go-Lucky», war so sehr zum Dorn im Fleisch der Behörden geworden, daß er vogelfrei erklärt wurde, weil sein Schiff nicht nur Schmuggelware führte, sondern auch bewaffnet war. Wellard schwor, lebend würde man ihn nie erwischen, und monatelang entging er allen Verfolgungen dadurch, daß er dauernd auf hoher See war oder sich in der Nähe der französischen Küste hielt. Samuel Pellow, zum Zolleinnehmer in Falmouth ernannt, hatte sich mit der «Happy-Go-Lucky» und mit sechs andern Kuttern und Luggern zu beschäftigen, einer ganzen Schmugglerflotte, die sechsundfünfzig Kanonen besaß. Er überraschte sogar eine Gruppe seiner eigenen Beamten, wie sie an hellem Tag einem mit Wein beladenen Schmugglerschiff halfen, so groß war die Korruption unter den Zollbeamten, als er sein Amt antrat.

Die «Happy-Go-Lucky» wurde im April 1786 vom Verhängnis ereilt. Zwei Kreuzer überraschten sie eines Morgens, als sie vor der Insel Mullion, westlich von Lizard vor Anker lag. Die Mannschaft kappte die Taue und fuhr auf das offene Meer hinaus, und nach einem wilden Kampf von einer Stunde waren Wellard und sein Maat getötet, zwölf von der Besatzung verwundet, und die übrigen ergaben sich. Das vogelfreie Schiff wurde nach Falmouth geschleppt und die Mannschaft in Pendennis Castle eingekerkert. Doch noch waren sie nicht bezwungen. Sie wußten, daß die Festung nur schwach besetzt war und man eine Kompanie Soldaten von Plymouth kommen lassen mußte, um sie zu bewachen. Und so gelang es ihnen, auszubrechen, bevor die Soldaten einrückten, und sie vermochten auch ihre verwundeten Kameraden zu befreien, die in der Stadt untergebracht worden waren – alle bis auf einen, der in das Newgate-Gefängnis in London überführt wurde und nachher vor die Richter kam.

Eine fragwürdige Erscheinung war ferner Cruel Coppinger, Strandräuber, Pirat, Schmuggler, der angeblich die Nordküste zwischen Marsland Mouth und Bude Bay unsicher machte. Der Reverend R. S. Hawker, Pfarrer von Morwenstow, schilderte dessen Taten in Vers und Prosa, doch er war mehr ein Dichter als ein Historiker, und obgleich der Gull Rock vor Marsland Mouth noch immer als der Schauplatz von Coppingers letztem Abschied gilt, wie er am Ufer stand, den kurzen Säbel in der

Hand und seinem wartenden Schiff zuwinkte, damit die Mannschaft des Bootes ihn durch die Brandung hindurch an Bord holen kam, ist die ganze Geschichte doch wohl eine Sage, die in das achtzehnte Jahrhundert und über die Grenze hinweg nach Devon reicht.

An der andern Seite der Halbinsel, in Polperro an der Kanalküste, betrieb das ganze Dorf den Schmuggel, völlig schamlos und ohne viel an die Unredlichkeit des Gewerbes zu denken. Es war eine Lebensform, in der alle einig waren, Fischer, Schmied, Bauer und die Zollbeamten dazu. Zu diesem Zweck wurden Schiffe auf Werften gebaut, die auf den Consona Rocks und der Erhebung oberhalb des Hafens eingerichtet wurden, und ein Schiff war so erfolgreich, daß es fünfhundertmal nach dem Festland fuhr, um Schmuggelware zu holen. Polperro war im achtzehnten Jahrhundert kaum mehr als ein Spalt zwischen den Klippen mit einem Gedränge von Hütten am Rand des Hafens und einem tiefen, gewundenen Tal dahinter; Hütten und Fischkeller lieferten miteinander ausgezeichnete Verstecke für verbotene Güter, und es war keineswegs eine angenehme Aufgabe für die Zollbeamten, in das Tal hinunterzusteigen, wenn sie Gerüchte davon gehört hatten, daß in der Nacht zuvor Schmuggelware eingebracht worden war. Sie sahen sich einer Bande wütender Dörfler gegenüber, von denen viele bewaffnet waren. Bei einer andern Gelegenheit war es ruchbar geworden, daß eine große Zahl Branntweinfässer in einem bestimmten Keller oberhalb von Yellow Rock versteckt sei. Da marschierte denn eine Abteilung Zollbeamte von Fowey nach Polperro, neun Meilen weit. Als sie den Hafen und den verdächtigen Keller erreichten, wurden sie von einer Bande bewaffneter Schmuggler erwartet, die ein geladenes Geschütz auf sie richteten und drohten, auf den Befehl ihres Führers zu schießen. Da hielt es der leitende Zollbeamte für besser, den Rückzug anzutreten und eine stärkere Abteilung kommen zu lassen, doch als die Soldaten anrückten, um den Keller zu besetzen, da waren die Fässer verschwunden, obgleich der Keller von Zollbeamten bewacht worden war.

Wahre Geschichten wie diese vererbten sich vom Vater auf den Sohn und entwickelten sich zu den vielen späteren Sagen von geheimen Gängen zwischen Keller und Bucht, zwischen Bauernhaus und Höhle; daran hielten, längs der Küsten Cornwalls, die dem Romantischen zugänglichen Nachkommen jener fest, die in vergangenen Zeiten ihr fragwürdiges und gefährliches Gewerbe betrieben hatten.

Freibeuter, die ihre Mannschaften bewaffneten und Kanonen auf ihren Schiffen aufstellten, verdienten kaum einen Vorwurf, denn während der Napoleonischen Kriege wurden sie zu dieser Tätigkeit von der Regierung ermuntert und erhielten Kaperbriefe mit dem Recht, den Feind aufzusuchen und in ein Gefecht zu verwickeln. Den verwegenen Kapitänen solcher Schiffe und ihren abenteuerlustigen Mannschaften erschien es als ganz natürlich, daß sie die Waffen auch zwischen den Kriegen behielten und sie benützten, wenn sie Schmuggelwaren führten und von den Zollbeamten herausgefordert wurden.

Die «Lottery» war ein wohlbekannter Lugger aus Polperro, berühmt wegen ihrer Schnelligkeit; eines Tages vermochte sie dadurch in der Whitesand Bay, östlich von Looe, den Verfolgern Widerstand zu leisten. Schüsse wurden zwischen ihr und dem Fahrzeug der Zollbehörden gewechselt, und im Verlauf des Kampfes wurde ein Mann auf dem Zollkutter erschossen. Da entbrannte die Empörung der Behörden, und der Befehl wurde erteilt, jeden einzelnen Mann von der Mannschaft des Luggers zu ergreifen, sobald sie endlich an die Küste kamen. Wochenlang blieben sie unauffindbar, besuchten ihre Familien heimlich bei Nacht, bis schließlich einer von ihnen, Roger Toms, die eigene Haut retten und darüber hinaus noch einen Lohn ernten wollte und zum Denunzianten wurde. Er stellte sich und erklärte, den verhängnisvollen Schuß habe einer seiner Kameraden, Tom Potter, abgefeuert. Kaum wurde der Verrat bekannt, als die Bevölkerung von Polperro auch schon entschlossen war, gemeinsame Sache mit der Mannschaft zu machen, Tom Potter vor den Behörden zu verbergen und Roger Toms aus dem Land zu schaffen, damit er nicht als Kronzeuge auftreten könnte. Die Zollbeamten waren sich dessen wohl bewußt, was mit ihrem Denunzianten geschehen könnte, und so hielten sie ihn an Bord ihres Kutters in Polruan gegenüber von Fowey, doch Potters Freunde bestimmten die Frau des Denunzianten, sich nach Polruan zu begeben, dort mit ihrem Mann zusammenzutreffen und ihn zu überreden, mit ihr etwa eine Meile aus dem Dorf zu gehn. Dort wurde ihm im Schutz der Dunkelheit aufgelauert, und er wurde auf ein Schiff gebracht, das nach Guernsey segelte.

Jetzt glaubten die Schmuggler sich sicher, denn Toms war in Guernsey, und man konnte ihn nicht als Zeugen verwenden. Unglücklicherweise wurde er aufgespürt und nach Plymouth zurückgeführt, während gleichzeitig eine Abteilung Soldaten nach Polperro marschierte und den unglücklichen Tom Potter in seiner eigenen Hütte festnahm, wo er sich verborgen hatte. Denn diese Hütte hatte, anders als ihre Nachbarn, keine Hintertüre nach den Bergen. Er wurde nach London gebracht, beteuerte nach wie vor seine Unschuld, doch er wurde wegen Mordes verurteilt und gehängt. Die Bewohner von Polperro glaubten dennoch nachdrücklich, daß er unschuldig gewesen sei, und daß Roger Toms aus reiner Bosheit gehandelt habe. Ob es sich so verhielt oder nicht, wurde nie bewiesen, doch Roger Toms wagte nicht wieder, den Fuß nach Cornwall zu setzen, und er starb viele Jahre später als Diener im Newgate-Gefängnis. Erinnerungen sind dauerhaft, und später blieb der Name Roger Toms längs der Küste von Cornwall eine Beschimpfung.

Im Jahre 1856, als das Küstenschutzgesetz angenommen war und die Bewachung der englischen Küsten der Admiralität übertragen wurde, war es mit dem Schmuggel im wesentlichen vorbei. Die große Zeit der Freibeuterei war vorüber. Das Volk von Cornwall in seiner Gesamtheit, drei Generationen lang jetzt zum Methodismus und zu einer strengeren Beobachtung des Gesetzes erzogen, wenn es doch eine Schande und eine Sünde gegen Gottes heiliges Wort war, sonntags irgend etwas zu unternehmen, gar nicht davon zu reden, daß man in den heimischen Gewässern fischte oder gar nach anderer Beute ausfuhr, hatte sich dazu aufgerafft, jedes Abenteuer zu scheuen. Achtbarkeit war alles. Auf dem Thron saß Königin Viktoria. Mit den verbesserten Straßenverbindungen, dem Aufkommen der Eisenbahn, den strengeren Gerichten, der Anstellung des Dorfpolizisten lohnte das Spiel wahrhaftig nicht mehr die Gefahr. Es war etwas, worauf man mit Seufzen und Kopfschütteln zurückblicken konnte, die harte Wirklichkeit herrschte, überschattet und besänftigt durch den seltsamen mythischen Zauber, der sich um alle toten und sterbenden Wagnisse schlingt und um die Taten der Alten, die einst jung gewesen waren.

Der Schmuggler von heute, der von einer Jachtfahrt nach dem Festland mit ein paar Flaschen Cognac in seinem Kabinenschrank versteckt zurückkehrt, ist eine weniger romantische Gestalt als die Freibeuter alter Zeiten, und seine Großtat ist eher ein törichter Unfug, um den Einfuhrzoll zu sparen und seine wohlgefütterte Brieftasche zu schonen. Keine Zollkutter fahren hinter ihm her oder kreuzen vor der Küste, um ihm den Rückweg zu sperren. Keine Warnungsschüsse streifen seinen Bug, um von einem Zwölfpfünder beantwortet zu werden, keine Enterkommandos mit Säbel und Messer verlangen, daß er sich ergibt, ohne sich zu fürchten, daß ihnen ein heißer Empfang zuteil wird. Es gibt keine Gefahr mehr. Die Strafe, wenn er bei der Ankunft im Hafen erwischt wird, bedeutet Beschlagnahme seiner Beute und eine Buße, die er ohne Schwierigkeit bezahlen kann. Zollbeamte in der Mitte des zwanzigsten Jahrhunderts sind hinter größerem Wild her – hinter Rauschgiftschmugglern in Flughäfen, Juwelendieben, Banden internationaler Gauner, die von Heroin bis zu Schweizer Uhren mit allem Handel treiben.

Die hundert Einfahrten längs der Küste von Cornwall mit ihren einst bedeutungsvollen Namen, deren Ursprung längst vergessen ist, widerhallen nicht mehr von dem heimlichen Knirschen um Mitternacht anlegender Boote, von dem Stimmengeflüster, den Schritten, die den Klippenpfad hinaufsteigen. Feriengäste veranstalten an Sommertagen ihr Picknick am Strand, Kinder paddeln in den Teichen und erforschen die leeren Höhlen. Vorbei ist es mit dem Mysterium.

An Winterabenden, wenn ein treibender Nebel alles, auch das Meer, verstummen läßt, scheinen die verhüllten Umrisse eines Felsbuckels oberhalb der Flutgrenze oder ein kahler Ginsterbusch, der sich an den Klippenrand klammert, sekundenlang eine menschliche Gestalt zu sein, die hier in Erwartung eines Signals kauert. Phantome bevölkern die Buchten, und ein Gemurmel steigt auf. Überall sind Schatten. Dann stößt eine einsame, schwarzrückige Möwe einen warnenden Schrei aus und taucht zum Meer hinab. Nichts hat sich geändert, nur die Geister, die Gespenster sind fort.

Was birgt die Zukunft für Cornwall? Wird es wirklich zum Spielplatz von ganz England werden mit Chalets und Ferienlagern auf jedem freien Gelände? Trotz den Bemühungen der planenden Behörden und der Nationalen Stiftung, die Küste zu schützen? Der Druck jener Körperschaften, die in jeder Straßenverbreiterung, jedem neuen Parkplatz für Autos, in Unterhaltungsstätten aller Art, wo einst Terrassen und Hütten standen, einen Fortschritt erblicken, kann sehr groß sein. Die Nachfrage nach diesen Dingen sei vorhanden, erklärt man, und müsse befriedigt werden. Cornwall hängt vom Touristen ab, und wenn er hier die Lockungen anderer Ferienorte nicht findet, wird er den Tamar nicht mehr überqueren, sondern sich anderswohin wenden.

Jene Gäste, die früher Jahr um Jahr nach Cornwall kamen, weil es ihnen Ferien anderer Art bot, fern von den überfüllten Seebädern und auch geringeren Einkommen erschwinglich, waren zufrieden, in Bauernhäusern, in Pensionen, in Privathäusern oder in kleinen Hotels zu wohnen und Land und Felsen zu Fuß zu erforschen oder in den Buchten ihr Picknick zu halten oder auf den Stränden, die noch keine Radios kannten, keine weggeworfenen Zigarettenpäckchen oder zerbrochenen Flaschen. Die Enttäuschung hat sie gezwungen, fernzubleiben. Und sie werden nicht einmal vermißt.

Jahr um Jahr stellt der «Spielplatz» Cornwall Probleme, mit denen man nicht gerechnet hatte, als der Zug nach Südwesten begann. Autos, Stoßstange an Stoßstange, suchen ihren Weg von Devon nach der Halbinsel, werden manchmal stundenlang aufgehalten, und wenn sie auf die schmaleren Straßen kommen mit den hohen Hecken, die den Ausblick versperren, kann der Fahrer, an langsameres Tempo nicht gewöhnt, auf einen Zusammenstoß gefaßt sein. Oft genug erlebt er ihn auch.

Die See um die Küste von Cornwall, insbesondere die Nordküste, ist bei manchem Stand der Flut gefährlich. Das Bad in der Brandung ist viele Jahre ein beliebter Sport jener gewesen, die sich darin auskannten, heute aber wagt sich der Tourist, der gelernt hat, im heimischen Bad zu schwimmen, in die Brecher des Ozeans, hat keine Ahnung von ihrer Kraft und mißachtet häufig die warnende Flagge. Lebensretter an den Stränden tun, was sie können, doch eine Handvoll geschulter Männer kann nicht gleichzeitig Hunderte von Feriengästen überwachen; ebenso wenig können die Hafenmeister, die örtlichen Bootsmänner und andere die Augen für jedes überfüllte Boot offenhalten, das die Touristen ins Meer steuern, obgleich sie ihr Fahrzeug nur bei völliger Meeresstille lenken können.

Der Automobilist, der mit fünfzig Stundenmeilen über eine Landstraße von Cornwall saust, hält sich auch für befähigt, sein Boot mit Vollgas in die kurzen, heftigen Wellen zu führen, und ist erstaunt, wenn es vollschlägt oder kentert. Nun hat er immerhin seine Lektion abbekommen, und er entschließt sich, das Meer am nächsten Tag nicht abermals zu versuchen, sondern klettert stattdessen auf die Klippen. Und wieder trifft ihn ein Mißgeschick. Durch die steigende Flut ist er abgeschnitten, denn er hat nicht daran gedacht, den Stundenplan der Gezeiten zu studieren, und wagt sich kühn an Klippen, die einen erfahrenen Bergsteiger in den Hochalpen abschrecken würden. Natürlich bleibt er auf halber Höhe hängen, wenn er nicht den Kopf verliert und abstürzt – in den sichern Tod. Irgendwer beobachtet ihn von weitem. Küstenwächter werden aufgeboten, Helikopter steigen auf, ein ganzes Regiment von Lebensrettern kommt ihm zu Hilfe.

Bevor Cornwall sich in einen Spielplatz verwandelt, müssen Vorschriften für jene erlassen werden, die nicht lernen wollen, und das ist eine heikle Sache, wenn die Gänse goldene Eier legen. Es wird einen Kampf zwischen jenen geben, die Cornwall der Nachwelt erhalten wollen, und jenen, denen das gleichgültig ist.

Die harte Wahrheit ist, daß die Bewahrer sich nicht immer unter den Einwohnern finden, sondern allzu oft Bildhauer, Maler, Schriftsteller sind und neben ihnen ältere Leute, die sich hierher zurückziehen und hier Wurzeln schlagen wollen, während ihre Gegner, darunter auch eben erst angekommene, die Küste und die Landschaft mit spekulativen Augen mustern. Den Leuten von Cornwall tönen die Worte Fortschritt, Modernisierung, Aufschwung so oft in die Ohren, daß sie, ihrer Meinung nach, gleichbedeutend mit vielem sind, was Hast und Häßlichkeit ist, aber nutzbringend. Wenn das nun einmal in der Mitte des zwanzigsten Jahrhunderts die Richtung ist, dann muß man sich eben anpassen, meinen sie. Die harten Zeiten früherer Jahre, da so viele ihrer Vorfahren auswandern mußten, sind noch nicht vergessen. Immer noch besser, die Eindringlinge willkommen zu heißen, wenn man damit sein Leben verdienen kann, als seine Sachen zu packen und den Kampf in einem andern Land von neuem zu beginnen, wo der Wettbewerb noch viel schärfer sein kann.

Die entschlossene Gruppe der Nationalisten von Cornwall möchte bis zum andern Extrem gehn, das Volk in schwarze Kittel stecken, die alte Landessprache wiedererwecken und ein eigenes Parlament westlich vom Tamar einsetzen. Diese Vision ist idyllisch, aber unausführbar. Man mag den Zudrang der Fremden hemmen, aber die Menschen müssen leben. Wenn die Nationalisten ihre echte Begeisterung daran wenden wollten, Mittel und Wege zu suchen, um die Individualität und Unabhängigkeit Cornwalls zu bewahren, Küste und Hinterland vor der Überfüllung zu schützen, Arbeit für die Bewohner zu finden, so würden sie mit der Zeit ein größeres Wunder vollbringen als mit der Wiedererweckung einer toten Sprache, die nie, auch in den alten Zeiten nicht, eine lebendige Kultur zu schaffen vermocht hat.

Cornwall hat heute mehr als 340000 Einwohner. Noch immer mögen Schätze unter seinem Boden liegen und die Ernte erwarten, und obgleich der Mittelmeerstaub seit Urzeiten über den Hügeln verstreut liegt, gemischt mit Ton und Schiefer, bleibt doch etwas übrig, Partikel, unsichtbar, ungefühlt, die durch das Blut kreisen und neue Impulse geben können.

Das Wort hat die Jugend.